死去的那天
是最值得活的

A MORTE É UM DIA QUE VALE A PENA VIVER

〔巴西〕安娜·阿兰特斯 —— 著
(Ana Arantes)

袁少杰 —— 译

中国出版集团
中译出版社

A MORTE É UM DIA QUE VALE A PENA VIVER
Copyright © 2016 Ana Claudia Quintana Arantes
Published by arrangement with THE GRAYHAWK AGENCY LTD., working in conjunction with RDC AGENCIA LITERARIA S.L.
The simplified Chinese translation copyright © 2024 by China Translation and Publishing House
ALL RIGHTS RESERVED.

著作权合同登记号：图字 01-2023-2699 号

图书在版编目（CIP）数据

死去的那天是最值得活的 /（巴西）安娜·阿兰特斯（Ana Arantes）著；袁少杰译. -- 北京：中译出版社，2024.3
ISBN 978-7-5001-7487-5

Ⅰ.①死… Ⅱ.①安… ②袁… Ⅲ.①纪实文学－巴西－现代 Ⅳ.①I777.55

中国国家版本馆CIP数据核字(2023)第165674号

死去的那天是最值得活的
SIQU DE NATIAN SHI ZUI ZHIDE HUO DE

出版发行	中译出版社
地　　址	北京市西城区新街口外大街 28 号普天德胜大厦主楼 4 层
电　　话	(010)68005858，68359827（发行部）68357328（编辑部）
邮　　编	100088
电子邮箱	book@ctph.com.cn
网　　址	http://www.ctph.com.cn

出 版 人	乔卫兵	总 策 划	刘永淳
策划编辑	郭宇佳　马雨晨	责任编辑	张　旭　邓　薇
文字编辑	马雨晨　邓　薇	封面设计	王子君

排　　版	北京竹页文化传媒有限公司
印　　刷	北京中科印刷有限公司
经　　销	新华书店

规　　格	880 毫米×1230 毫米　1/32
印　　张	8.125
字　　数	115 千字
版　　次	2024 年 3 月第 1 版
印　　次	2024 年 3 月第 1 次印刷

ISBN 978-7-5001-7487-5　定价：58.00 元

版权所有　侵权必究
中译出版社

本书中的所有智慧和哲理献给

我最伟大的老师们：

那些我照顾过的人

以及他们的亲属。

您会看到

您的儿女不会从战场逃脱,

这些热爱您的人们

不害怕死亡。

——《听,伊匹兰加的呼声》,巴西国歌

引 言

如果你把你内在拥有的东西展现出来，

你所展现的将会把你拯救；

如果你不把你内在拥有的东西展现出来，

你所隐藏的将会把你毁灭。

我曾受邀参加一个聚会。当我到达时，除了女主人之外，我谁都不认识。我能看出，由于她热情的欢迎，一些客人很想知道我是谁。他们向我这边走来。在这样的场合，我通常都会很害羞，而且觉得很难主动跟陌生人开启一段对话。过了一会儿，靠拢过来的人围成的圈子宽松些了，人们开始聊天。每个人都介绍着他们是谁、他们在日常生活中都干些什么。我留心观察着人们的动作和表情。我感到有一种神秘的冲动在我体内滋长。我微笑着。终于，有人向我问道：

"那你呢？你做什么工作？"

"我是医生。"

"真的吗？太棒了。什么科的？"

我迟疑了几秒钟。要怎么回答这个问题呢？我可以说我是老年科医生，接下来的对话将沿着最常见的套路进行下去：他们会问几个关于头发和指甲的问题；或者问问我，以我的经验，有哪些可以减缓衰老的建议；再或者，帮某位"老糊涂"的亲戚咨询咨询。

不过，这一次，我不想再像以前那样回答了。我想确切地告诉大家我所做的工作，并让他们知道我非常乐意从事这项工作，觉得它很有价值。我不想再逃避了。这个发自内心的决定让我感到一丝丝不安，但同时也让我如释重负。

"临终关怀科。"

紧随其后的，是一种仿佛深不见底的寂静。在聚会上谈论死亡的话题是让人无法想象的事情。此刻气氛变得很紧张，即便是隔着一段距离，我也能感知到旁人怪异的眼神和想法，甚至能听到他们的呼吸声。有的人眼神飘忽，有的人低头盯着地板，仿佛想找个地缝钻进去，还有的人则一直盯着我，并且露出一副"你能再说一遍吗？"的表情，好像十分期待我能亲口修正自己刚才的回答，并马上跟他们解释说，之前的回答不是出自我的本意。

我一直都想这么做来着，但是我缺乏足够的勇气来面对那种可怕的沉默，我能想象到在任何人开口之前，一定会出现这种寂静。我在内心安慰着自己，同时也好奇着："有朝一日，人们会选择像我这样来谈论生死吗？如果有那样一天的话，可以是今天吗？"

终于，在令人尴尬的沉默中，有人鼓起勇气，从一连串应景的微笑中，成功地张口做出了回应：

"哇！那一定很难吧！"

一些人礼貌地笑了笑，然后又是一阵无语。两分钟后，刚才聚拢的人群四散开来。一个去和刚进门的朋友聊天了，另一个说去喝一杯就再也没回来，第三个去了洗手间，还有一个随便找了个借口也离开了。

在聚会开始不到两个小时后，我就道别离开了，这对很多人来说一定是一种解脱。我自己也确实松了口气，但同时也感到十分遗憾。会不会有那么一天，人们能自然平和地谈论死亡的话题，并且做出一定的改变呢？

如今，距离我向大家坦白的那一天，已经过去十五年了。我依然从事着临终关怀的工作，而且当时的人们都未曾料到，如今在日常交流中谈论生死已司空见惯。怎么证明这一点呢？我想，我写的这本书也算是开了个头吧——我相信会有很多人愿意来阅读这本书的，就像你们一样。

目　录

1. 我是什么人　　1
2. 我为何成为这样的人　　5
3. 生活都是由经历组成的——那我都经历了什么呢　　11
4. 关爱（家庭）照顾者　　27
5. 什么是安宁疗护　　43
6. 同情心和同理心　　61
7. 害怕死亡，害怕生活　　67
8. 谈论死亡　　71
9. 关于时间　　77
10. 如何帮助某人渡过生命河流　　89
11. 允许自然死亡　　101

12. 死亡的过程和四种元素的分散 107

13. 真相能杀人吗 117

14. 思考死亡 123

15. 行尸走肉 133

16. 我们都会走到生命尽头——那一天最难经历什么 139

17. 人类苦难的精神层面 147

18. 后悔与遗憾 163

19. 直率的感情 171

20. 为生活而工作,为工作而生活 181

21. 选择性亲和力 191

22. 让自己快乐 197

23. 我们每天都在死亡 207

24. 你可以选择如何死去——生前预嘱 221

25. 逝者去世后——哀悼期 233

26. 致谢 245

1

我是什么人

我交往过一个女朋友,她看待事物的角度同其他人的相比总是颠倒的。

比如,她说自己看到的不是"在河边的一只苍鹭",而是"在苍鹭旁边的一条河"。

她总是打破一切常规。她认为事物的反面比白昼更清楚明白。

跟她在一起时,事物都变换了原本的存在方式。

事实上,那个女孩曾经告诉我,她每天也都会因为自己的矛盾而遭遇各种不快。

——曼努埃尔·德·巴罗斯,巴西诗人

我看待事物的方式比较与众不同，那是一种大多数人都不会允许自己采用的方式，但是我也抓住了许多机会，吸引了一批想要转变立场和观点的人。他们之中只有少数人成功了，而其他人还需要继续努力。将我们团结在一起的，是这样一种愿景：希望能以不一样的方式来看待生命，希望能走上一条全新的道路，因为生命短暂，我们需要让它变得更有价值、有内涵、有意义——死亡，则是找到看待生命新方式的绝佳视角和理由。

这本书旨在帮助你我建立一种联系，我希望能分享我作为一名专注于临终关怀的医生，在日复一日的工作中所学到的一些东西。我得事先声明，作为一名医生，对一个人临终的情况再了解也不代表我真正参与了他的生活，就算他去世时我就守在其床前，也不能说明我在他的生命中存在过。我们每个人都存在于自己的生命中，也存在于我们所爱的人的生命中——这种存在不仅仅是肉体上的，还有时间和行为上的。针对这层意义上的"存在"来说，死亡并不是生命的终点。

几乎每个人都认为害怕死亡是正常的——但事实是，死亡也是通向生命的桥梁。

你必须揭开那些"正常的事情"背后的奥秘。

2

我为何成为这样的人

你想成为一名医生吗，孩子？

那可是一个慷慨的灵魂、一个渴望知识的灵魂的愿望。

你真的想过，你的生活会变成什么样子吗？

——阿斯克勒庇俄斯，希腊神话中的医神

当我撰写这本书的时候，我已累计行医二十多年，并且很有可能已经度过了自己生命的一多半时间。职业的选择会带来许多问题，医学就是其中一个像谜一样的存在。为什么要学医？我为什么要选择当一名医生？选择走这条道路的人最常提到的原因之一是：家族里有人是医生，他们很崇拜这个职业。不过对我来说，情况并非如此。在我家里没有人是医生，但我从很小的时候开始，就看惯了疾病和痛苦。

迈向这个职业的第一步与我的外祖母有关，她患有外周动脉疾病，溃疡和坏疽让她疼痛难忍，最终被迫截掉了双腿。她用尖叫和眼泪来发泄自己的痛苦，她乞求"上帝"怜悯，恳求他能带走她。尽管疾病给她带来了种种限制和不便，她还是照顾我、教育我。

在她最糟糕的日子里，有一名叫阿朗哈的血管外科医生来对她进行上门诊疗。在我的印象中，这名医生拥有一个天使般的，甚至几乎是一种超自然的形象：一个高大的男人，灰色的头发用固美乐（一种强力的定型胶）仔细地向后梳去，他身上的味道闻起来很香。他很高——我不知道他是否真的很高，或者只是在当时年仅五岁的我看来很高。他总是穿着一件笔挺的白衬衫，系着一条有些磨损的皮带，不过皮带扣总是闪闪发亮。他那双又大又红的手总是拿着一个黑色的小包，我的眼睛总是盯着那双手的动作，想看到外祖母的卧室里发生的一切，却总是被打发走。不过，他们偶尔会忘记关严门，让门半敞着，然后我就会透过缝隙观看医生上门诊疗的全过程。外祖母会告诉医生自己很疼，她会哭泣。医生会安慰她，紧紧握住她的手，那双大手好像可以承受她所有的痛苦。然后他会为她更换绷带,并向我的妈妈解释着各种新的护理方法。他会开好处方,抚摸我的头,对我微笑。

"你长大后想做什么?"

"医生。"

3

生活都是由经历组成的
——那我都经历了什么呢

现在是时候对那些终有一天会死去的人的神秘生活全盘接受了。

——克拉丽丝·李斯佩克朵,巴西作家

对我来说，阿朗哈医生是地球上最强大也是最神秘的人。完成对外祖母的诊疗之后，他总会在我家再待上一会儿。他会一边喝咖啡、吃木薯粉制成的饼干和橘子蛋糕，一边与我们进行一些更为轻松愉快的谈话，还会在我的小眼睛的凝视下，用他那双大手不停地比画着。等到离开的时候，他会亲吻我的额头——这样让我也很想去亲吻别人的额头。现在回想起来，他留下了好多安宁祥和的印迹。令人惊喜的是，外祖母的身体状况在经由他诊疗后，有了很大的起色。我的母亲也对新的处方满怀希望,她的脸上终于重新浮现出了笑容。

但生活有起有落,疾病的自然演变进程还是导致我外祖母的双腿被截肢了。甚至截肢后疼痛就会消失的希望也十分短暂:疼痛还在继续。我的外祖母又患上了幻肢痛,对孩子来说这是一种可怕的病症。幻肢痛……?它不能被根除吗?不能随着演化自然地消失吗?或者从"炼狱"中被带走并被释放到平息痛苦的"天堂"?或者我们干脆把它扔进"地狱",而且把它永远留在那里,这样它就永远也不可能折磨这个世界上的任何人了吧?

"在我有生之年,我能做些什么来打败幻肢痛呢?"我问着自己。只靠祈祷是没什么太大用处的。

我截掉了我所有玩具娃娃的腿,它们有的很瘦,有的很胖,没有哪一个玩具娃娃能逃脱相似的残酷命运。只有一个叫作罗西塔的玩具娃娃一直保持完好无损,因为她从制造工厂诞生的时候,双腿就是交叉盘坐的,就像一尊坐佛一样。直到今天,我还在问自己:选择坐着的话,是否就不需要走路,就能保证永远不会失去双腿呢？但我还是在玩具娃娃罗西塔的身上留下了"须进行外科手术"的圆珠笔标记，这只是为了提醒我自己，即使我想一直待在我的座位上，生命还是会留下岁月的痕迹。就这样，在我七岁的时候，我已经管理了整个"病房"，照顾着那些痛苦的玩具娃娃。在我的"医院"里，没有"人"会感到痛苦。在药物治疗的间隙，我会让它们"坐"下来，教它们我在学校学到的东西。

我的外祖母觉得那样的场景很有趣，总是问我：

"你改主意了？又想要当老师啦？"

"我两个都要当，外婆！等它们的痛苦消失时，它们就想学习了！"

我的外祖母笑着告诉我，她也想在我的"医院"接受治疗——我答应会亲自照顾她，让她再也不会感到疼痛。我问她：如果疼痛消失的话，她是否会去上课学习？她说她会的。

"那你愿意教我读书吗？"

"我当然愿意了，外婆！"

她笑了。我那种孩子气的自信一定让她很开心。

十八岁时，我被圣保罗大学录取了。一开始，我很难相信这就是自己心心念念的医学专业，因为最开始的课程真的很让人崩溃——生物化学、生物物理学、组织学、胚胎学……在解剖学课上，我们所看到的人类生命的终点就是死亡。我非常清楚地记得上第一课时的场景：巨大的大厅里摆放着许多张桌子，上面放着逝者的躯体，也就是——尸体。我以为我会被吓到，但他们是那么的不同，那么的奇特，以至于我完全着了迷，甚至忽略了同学们的抽泣和呜咽。我四处寻找着，想看到躯体的面部，最终发现了一具看上去很年轻的尸体，那位逝者脸上的表情是一种纯粹的喜悦和满足。我跟旁边的同学说道：

"快看他的脸！他一定是看着什么非常美丽的东西去世的。"

身边的女孩向后挪了挪，紧紧盯着我，就好像我是个外星人一样：

"你可真奇怪。"

在那个房间里，我试图给自己讲述，在即将被解剖和研究的"人体标本"中，每张脸背后可能的故事。

同学们越来越像看外星人一样看着我，随着课程的进行，我也变得越来越"与众不同"。在第三学年的年末，我学习了如何回溯和记录病人的既往病史。当时的我认为，只要看了那本详细指导医学生如何与病人交谈的手册就足够了。

但是很快，我就发现自己错得有多离谱。当我们被分配到内科病房实习的时候，我遇到了一个叫安东尼奥的病人。教授事先已经把这个病人的重要信息告诉了我：男性，已婚，育有两个孩子；酗酒，吸烟，肝硬化，乙肝，肝癌晚期。那时，病房的门上有一个小小的方形玻璃，我们不用进去就可以看到里面的情形。我记得我在门边站了好一会儿，毕竟那时我第一次要和一个病情如此复杂的病人交谈，我紧张得心都提到了嗓子眼。可我当时未曾料到，那次会面将在我心中引发一连串的思索、恐惧、内疚以及无尽的痛苦。

当时，我小心翼翼地走进病房。安东尼奥坐在一把铁椅子上，上面的外漆皮有些开裂剥落，他就那么看着窗外。他的形象看起来挺可怕的：瘦弱，却有一个大大的肚子，整个人看上去就像一只巨大的长着四条腿的蜘蛛，他的皮肤又黑又黄，脸上布满深深的皱纹。

他全身伤痕累累，好像被打了一顿一样。他朝我点了点头，用一副带着礼貌的、没有露出牙齿的微笑迎接了我。我做了自我介绍，并问他我们能否聊上一会儿。

他走回床边，艰难地抬脚上床，然后慢慢躺下。我开始了那场令人痛苦的问诊，询问着他关于过去的细节：他是多大的时候学会走路的，多大的时候学会说话的，他小时候都得过什么病，以及他的家庭背景是怎样的……最后才问及他目前的病况。他的主诉是腹部疼痛，位置就在右侧肋骨的下面。他说自己的肚子太大了，让他很难呼吸。一到晚上，他就会非常害怕，身体上的疼痛也变得更严重，并且随着疼痛加重，恐惧也在增长。他害怕孤独，害怕死亡来临的时候孤身一人，他也害怕早上醒不过来。他的眼睛里噙满了泪水，说这一切都是自己活该，他这一生都是一个坏人。他的妻子说这是"上帝"在惩罚他，他觉得她说得对。他所陈述的和我想表达的内容之间的差距越来越大。随着时间的流逝，我越来越意识到在如此多的痛苦面前，让他进行正常谈话是不可能的。我像是把自己蜷缩在一个寂静的深井里。我觉得是时候对他进行检查了，但我怎么也做不到，我没办法让自己去触摸那具躯体。现在轮到我感到害怕了，我也幻想过，如果我去触摸他，我就能更真切地感受到他的痛苦；可与此同时，我又害怕自己给他带来更多的痛苦，于是我决定跑去寻求帮助。

首先，我去了护士站。我问楼层的值班护士能否再给安东尼奥一些药物来减轻他的疼痛，她盯着自己的笔记，连眼都没抬。

"他刚刚才吃了安乃近①，得等一会儿才生效。"

"但他仍然感到很痛苦啊！距离上次给他用药已经过去一个多小时了。"我仍不放弃。

"除了等待下一剂药物，从现在起开始的五个小时内，我们都无能为力，什么也不能做。"她说道。

"可是现在怎么办？他要一直痛苦下去吗？什么叫'无能为力'？"

---

① 一种用于解热、镇痛的药。——编者注（若无特殊标注，本书脚注均为编者注）

"亲爱的小姑娘，"她略带讽刺地反驳道，"等你正式当上医生的那一天，你可以给病人多开点药。我之前就已经和值班医生谈过了，并试图说服他给病人注射镇静剂。但事实是，安东尼奥需要尽快死去。"

"死去？但至少可以让他在死前少一些痛苦吧？"

护士垂下了目光，重新回到她面前的笔头工作中。我觉得继续在这里坚持没有任何意义，于是又去找了教授，他正在医生休息室和其他教授一起喝咖啡。我告诉他，病人非常痛苦，应该给病人加大止痛剂用量，这样我才能继续检查。结果我受到了一顿训斥——毕竟我早已知晓那是个晚期病人，我们没什么可做的了。

直到那时我才明白，在医院里死于不治之症究竟意味着什么——世界上所有的痛苦都集中到了一个人的身上，并且所有可怕的话语都在不断回响着："没什么可做的了……无能为力……"到大四的第一学期为止，我已经目睹了太多人死去，既有意料之中的，也有意料之外的：死于重病或暴力的儿童、死于艾滋病或癌症的青少年，以及许许多多长年遭受慢性疾病折磨而日渐衰弱的老年人。我还看到许多人孤独地死在了急诊室的门口——这种事情每发生一次,都让我更加确信自己没办法继续读下去了。

就这样,我在读医学专业大学本科四年级时,半道离开了大学。

重重危机向我袭来——除了家人的健康问题外,我家还面临着严重的经济困难。当时的家庭状况为我离开大学提供了一个很好的借口——我必须找份工作。尽管如此,我还是在家里整整待了两个月,从不出门,也不知道我的生活该往何处去。我还得了非常严重的肺炎,但我拒绝去医院治疗。这是我第一次真的想去死。

当最困难的阶段过去后,我开始在一家百货商店上班,但日复一日,我对自己未来真正要从事的职业感到越来越焦虑。我感到成为医生的使命在召唤着我,但我不知道该如何回应这个召唤。随着时间的流逝,我远离了那个充满恐惧的世界,远离了那些被遗弃的生命,远离了那些在医院里等死的人。可那个召唤在我的心中回荡着——我不能再沉默下去了。我下定决心,告诉自己必须坚持,即使我可能缺乏天赋。谁知道呢？也许我也会像其他人一样，逐渐习惯医生每天面对的那一切呢？

我决定继续回到大学读书，并开始在一个贫困社区的妇产医院做志愿者。因此，我有很多个晚上都在为分娩中的母亲按摩后背，她们除了痛苦地号叫之外别无选择——那个时候，巴西政府并不允许医生对正常的分娩进行麻醉，所以医生除了让孕妇忍受痛苦之外没有别的新办法。我甚至开始认为，我终于找到了一种成为医生的新方法，而不需要去应对所有不必要的痛苦。我知道那些女人的痛苦会过去，见到她们的孩子的喜悦会让之前那些艰难的时刻变得有意义。像尼采一样，我也相信只要人们知道自己为什么而活，就能忍受任何痛苦。

一年以后，我完成了大学第四学年的学业，并没有经受太多现实中的病人带给我的折磨。那句咒语——"没什么可做的了"，完全是由别的东西引发的，是一个我之前从来没想过的东西——来自我很喜欢的法医学课程。那时，我在法医办公室和停尸房都参与过尸体解剖。此外，在临床解剖学课上，医生们会围绕真实的病例讨论各种可能的诊断，最后由病理学家们陈述尸检结果，这会使死因变得清晰起来。

在大学的第五学年，我开始轮转实习，第一站在妇产科。因为我已经在另外的产科病房处理过分娩，所以我表现得很好。那时我确信，我真正热爱的就是医学。

在医学院，每当我看到有人在巨大的痛苦中死去（在医院，这几乎会不断发生）时，我都会问问别人还能为他们做些什么，每个人都会回答我说："没什么可做的了。"那真的是一种如鲠在喉的感觉。你知道吗？那句"没什么可做的了"像巨石一样压在我的胸口，让我感到非常痛苦。我总是在哭泣——出于愤怒、沮丧和同情而哭泣。"没什么可做的了"，到底是什么意思啊？我不能接受其他医生对这种无能为力所表现出的漠不关心——并不是因为无法避免死亡，毕竟没有人能长生不死，可为什么要放弃病人和他们的家人呢？为什么只是给病人注射镇静剂然后就对他们不理不睬呢？我所学习到的东西和我需要知道的东西之间，竟然有如此巨大的鸿沟。

人们很快就开始取笑我,说那个医生居然不忍心看见病人受苦。这可能吗?不,当然不可能了。我让自己藏身于医学院的医学摄影系的各项设备后,这样就没有人能看到镜头后面流泪的我。没有人能感受到摄影师的灵魂,除非他们主动向外界展示自己的作品。而从我站着的地方,我可以看到别人不曾留意的东西。但现在要说我感受到的就是真相,可能还为时过早,我选择保持沉默,继续按下快门。

印裔美籍外科医生兼作家阿图·葛文德在他的畅销书《最好的告别》中曾写道:"我在医学院学到了很多东西,但死亡并不在其中。"在医学院里,没有人会谈论死亡,他们也不会谈论如何照顾重症晚期病人。教授们回避着我的问题,有的教授甚至说我应该去选择一个病人很少或者根本就不需要接触病人的专业。他们说我太敏感了,无法做到不与病人感同身受,甚至认为我会比病人还要痛苦。大学本科课程学习的日子,毫无疑问是我人生中最艰难的一段时光。那个时期结束的时候,我选择了老年医学方向。我想象着,如果我去照顾老年人,也许我就会把死亡看作一个自然的生理现象。然而,直到一名护士给了我一本《论死亡和濒临死亡》,我才得到了第一份来自现实的答案。这本书的作者是出生于瑞士(当时已经定居美国)的精神病学家伊丽莎白·库伯勒-罗斯。在书中,她描述了她的病人在接近生命尽头时的经历,以及她希望自己在病人生命的最后时刻能接近他们、帮助他们。我花了一晚上就把它读完了。你们相信吗?第二天,我胸口的那块大石头竟仿佛减轻了许多,我能微笑了。我向自己承诺:"我要去学习还可以做些什么。"

然后我就开始了在急诊室的轮转实习,但是与从前不同的是,我可以更加自主地思考和采取行动了。现在的我则更平静了,因为我理解了疾病的进程。并且能看到对患者给予关注有助于他们更快地改善状况,我也真的很喜欢和他们交谈,乐于去了解他们疾病以外的生活。

我喜欢挖掘故事,就像有些人喜欢挖掘宝藏一样——而且,我总能成功地找到它们。

4

关爱（家庭）照顾者

爱人如己。

回顾我的整个从医生涯，我发现自己一直怀着一腔孤勇，秉持着初心在做我喜欢的事——照顾和关怀那些临终的人，甚至在公开承认这个命定职业之前早已如此。我喜欢照顾那些对自己的死亡有着清晰认知的人。死亡的痛苦如阴霾般笼罩在他们头上，他们极其需要照顾与关怀，因此我将自己生命中的大部分时间用于研究安宁疗护（Palliative Care / Hospice Care）[1]。

---

[1] 指以临终患者及家属为中心，为其提供身体、情感、社会和精神等多方面的照料与人文关怀，本书将临终关怀、姑息治疗、缓和医疗等概念统称为"安宁疗护"。

我的全部职业生涯都聚焦于一件事情，就是为那些罹患不治之症的病人，从医学的角度提供多维度、全方位的护理。就连我自己也得到了升华——从我发现照顾自己与照顾他人同样重要的那一刻起，我的生活充满了意义。

然而，与几乎所有卫生健康领域的专业人士一样（当然这一点可能在医生身上体现得更加鲜明），在之前相当长一段时间里，我并没有对这条宝贵的信息给予足够高的重视。社会好像对这些已经习以为常了：人们说着自己没时间吃午饭，没时间睡觉，没时间锻炼，没时间大笑，没时间哭泣……说白了就是没有时间生活。对工作的投入似乎与社会的认可联系在了一起，人们以一种扭曲的方式来感受着自己的重要性和价值；我们周围的每个人都被迫接受这样一种价值观：只有你不断推动，这个世界才会转动。我当时随身带着三台寻呼机、两部手机，几乎每个周末都要值班，而我当时还有经济上的困难——我必须接济家里，维持父母和妹妹们的生计。我给一个肿瘤专家团队做助理，就这样不知疲倦地工作了整整五年。

我在这个团队工作的最后一年里（此时我已经因为对安宁疗护的研究、我的同理心和我的信誉而在业内广受认可），负责人安排我对许多病人进行居家照护。这些人往往处于癌症晚期，几乎没有治愈的可能，所以他们在家里接受安宁疗护。

每个居家照护病人的人的体验可以说只分布在"糟糕"到"非常糟糕"之间，因为被照护人员往往对安宁疗护一无所知。各种令人无语和崩溃的情况简直让我发疯——直到我遇到了马塞洛，一个被诊断为肠癌的二十三岁的年轻人。他的疾病侵袭性很强，肿瘤的治疗手段已经没有什么效果了。当他出院时，他的母亲坚持要请我到家中继续照护他。她知道自己的儿子已经是癌症晚期，希望我能在家里陪着他，而且告诉我这也是马塞洛的愿望。我感到受宠若惊，答应了这个请求。

第一次进行上门照护时，他一直在喊疼。几天后，疼痛得到了控制，但这也让他昏昏欲睡。后来，病症转移到了他的肝脏，他开始出现幻觉，并常常由于恐惧而哭泣。一个周五的晚上，圣保罗下着大雨，我来到他的家中，发现马塞洛的腹部被肿瘤形成的肿块挤压得变了形。他先后呕吐了三次，血液和呕吐物混在一起，在卧室的地板上淌着。他大喊大叫着，然后他看到了我，微笑着向我伸出手臂；可随后他又忽然哭喊了起来，眼睛里映射出他的恐惧——那是我所见过的最能被称为"恐惧"的样子。护理技工也被吓呆了。他的母亲和外祖母则蜷缩在客厅里不停地祷告着。一时间，屋子里弥漫着让人难以忍受的事物的气味：血液、呕吐物、香火、恐惧和死亡。

我打开之前为他订购的临终应急包，发现里面只有几瓶抢救用的药物。可我此刻需要的是吗啡——为了他，为了我自己，也为了这个世界，只有吗啡才能压制住所有的痛苦和无力感。我向医院申请了吗啡，但我们必须留在家里，等着有人把药物送过来，因为他的母亲不想带他去医院。她之前向他承诺过，会在家里安排和处理好一切。"救救我吧！"他哀求着。我等了将近四个小时才拿到吗啡。护理技工因为害怕而手抖得厉害，她完全没办法做注射前的准备工作。于是我自己备好了药并为他注射,在他身边陪伴着、安慰着。他渐渐睡着了,屋子里终于恢复了平静,他的母亲连声说着谢谢并拥抱了我。那一天,我不知道自己到底是谁。我上了车,随后大雨倾盆而下。我哭了,眼泪哗哗地流了下来,大雨掩盖了我的啜泣声。雨水持续不断,天地间混沌一片。电话响了,是护理技工打过来的。"是安娜医生吗?马塞洛,走了。"我还能熬过这一切吗?车窗外夜色苍茫,我探出头去看了看天空,雨已经停了。死亡在平静的时候降临了。我得回去开具他的死亡证明了。

在一个睡眠不佳的夜晚,我在梦中重温了那天的场景,当听到"救救我吧!"的时候,我尖叫着从噩梦中醒来。我走到卫生间,洗了把脸,可当我照镜子时,居然看到了马塞洛!我的天啊,我出现幻觉了吗……还是我还在梦里?我立即打电话给我的心理医生寻求帮助。我哭着、乞求着:"我再也受不了这些了!我再也不想看见哪怕一个病人!我不想当医生了!"

我一连四十二天没去上班,没看手机,没开传呼机。短暂的逃离后,我回到医院办理了辞职手续。渐渐地，我的生活恢复了正常。我喝了很多咖啡、很多茶，和很多人聊天，尤其是找我当时的心理医生克里斯聊了很多、很多。我逐渐为发生在我身上的事情找到了解释：共情疲劳①。我复盘了马塞洛死亡时的情形和这件事对我产生的影响，认为自己的情况属于急性、高强度的继发性创伤应激反应。共情疲劳或继发性创伤应激反应最常发生在医护人员或志愿者身上，这些人在给予帮助时主要依靠的就是他们的同理心。他们不但要应对那么多的痛苦，而且最终会被不属于自己的痛苦反噬。我的情况正是如此，我拥有最伟大的天赋——同理心，却反而因此经历了我职业生涯中最痛苦的遭遇。这是不是很讽刺？那现在该怎么办呢？很多问题仍然没有答案，其中最痛苦的便是：我究竟该如何对待别人的痛苦，才能不让它们成为次级创伤，转而背负在我自己身上？

在心理治疗中，我认识到了问题竟比办法多。一次又一次，所有这些恐惧形成的峭壁和悬崖高不可攀

---

① 指经历过太多感同身受的共情后产生的淡漠或倦怠情绪。

到让我觉得自己根本看不到地平线。无论我走到哪里，都会有新的挑战和一些未曾完成的事情。所以现在我要怎么办？这一切都是为了什么？

2006年3月1日

紧张的一天。我在七点前就到了医院，已经有四个病人住进了这层楼，正等着我去查房。可还没来得及和前天晚上查房的医生说话，我就已经迟到了——一个费尽全身力气成功起床的人，竟然在早上七点的时候就已经迟到了，这是一件多么令人惊讶的事情啊！我需要去阅读患者的诊疗记录，了解过去二十四小时内在他们身上发生了什么，而对于同事的手写笔迹，我什么字都认不出来。我真的很生气，甚至胃疼了起来，我想我应该少喝点咖啡了。

我走进第一个病房，里面是一个女人，三十九岁，离异。她十多岁的儿子正在病房的沙发上呼呼大睡。女人呜咽着。她患有转移性肺癌，她并不吸烟。尽管她已经用吗啡泵注射了三天，但疼痛感仍然非常剧烈。很难确定理想的剂量是多少，因为她对药物的副作用非常敏感。有那么一瞬间，我开始从一个全新的视角看待这个场景——当我观察这个女人的时候，突然间，我变成了她。这是一个巨大的冲击。我感到自己的心脏非常不舒服地跳动着。我又心悸了吗？我是不是心律不齐了？一定都是咖啡搞的鬼。不正常的心跳让我感到害怕。我又看了看病人，现在我认出了她。天呐，我又要产生幻觉吗？我觉得我应该停止吃助眠药物了，尽管那只是一种普通的抗过敏药，但我对它已经有些依赖了，因为我几乎每晚都失眠。事实上，我经历过连续四个晚上没睡觉，然后在第五天筋疲力尽，陷入沉睡。接着我又在凌晨三点醒来，却再也无法入睡了。现在我有点心动过速，我的心脏出了问题，一定是咖啡的原因。

除了创造属于你自己的现实之外，还有什么别的方法可以拯救你自己吗？

——克拉丽丝·李斯佩克朵，巴西作家

2006年3月6日

我正在重新考虑接受心理治疗，因为我总感觉做什么都没意义。心悸又发作了，我必须休息一下了。我好像哪儿也不想去，尽管我也并不会为了什么事情停下自己的脚步。每天在不断地谈论问题，这让我感到厌烦、疲倦。最近这三个月以来，我一直都在尝试冥想，但好像徒劳无功。这个世界变得一片灰暗已经有一段时间了，但是我还是在全力工作的状态下生活着。现在是凌晨四点，我所做的工作就是用天平称东西的重量。我的胃好痛。

我睡着了。睡觉的感觉真好！大概睡了有将近十分钟，这时手机忽然响了起来："是安娜医生吗？史密斯先生刚刚被送进了急诊室。他的家人想知道你什么时候会来看他。"我看了一眼时间，现在是早上六点半了。"我马上就来，我马上就来。"

我感觉自己要崩溃了。今天，我又有一处新的地方开始疼了——我的背很痛，所以我只想坐着，但我还得不停地走着。生活正给我下着命令："快动起来啊！"

2006年3月8日

"嗨，亲爱的安娜！你会在妇女节回到这里，对吗，我们的小宝贝？"

今天是妇女节，但是圣保罗医学协会的纪念活动还要再过两天。我非常想回答说"不，亲爱的，我绝对不会去"，但我没有这么做，我的回答是"好的，我当然会去"。今天是一个工作日，在这一天里，我需要找一个克隆人来帮我做我答应过的一切。我的心悸加剧了。光是想想自己要去做的事，心好像都要提到嗓子眼了。我的胃里像火山一样沸腾翻涌，我的背还在痛。我的身体不舒服得厉害，分散了我对自己灵魂部分的不满。我要停止心理治疗了——太贵了，我已经背了一屁股债了。我还得继续帮助我的家庭，我不忍心拒绝他们的求助。我从不拒绝任何事情，我总是那么乐于助人，而且我确实也帮上了忙。

2006年3月9日

医生的日常巡诊。一个三十九岁的女人感到很痛苦，她的病情正在恶化，日子不多了。她的前夫来看她。

我在医院的走廊里和他聊了聊。苦难即将结束。她的儿子坐在候诊室的沙发上，凝视着脚下地板上的缝隙。他脚上的运动鞋破了，解开的鞋带旁有一小摊由泪滴聚成的水渍。这一幕深深地戳痛了我的心，我摇摇晃晃。我的胃出于同情而感到疼痛。不！一定都是因为我戒不掉咖啡，一定都是因为心理治疗的收费太高了，一定都是因为我还不清债务。是的，一定都是因为失眠，我的心脏出现了毛病。

2006 年 3 月 10 日

我要去圣保罗医学协会参加妇女节的庆祝活动。我的手机里全是钦佩我和祝贺我的人发来的信息。女人都很坚韧，但我承受了双倍的压力。我的背感受到了前所未有的痛。

我已经答应了组织活动的伊拉琦，我会去的，我不能让她失望。我不能让全世界失望。我有一个应对城市交通高峰期的伟大计划——在城市交通的高峰期出门。

我到得有点晚，但反正活动也延迟了。没有坐的地方，所以我就站在侧门楼梯的一个角落里。我的背今天要僵死了——我无法除去脑子里的这个念头。致辞环节结束后，我开始走神。然后他们开始了当晚的庆典表演，主题是"甘地——领袖与仆人"。

这位演员才华横溢。当人们扮演一个剧中的角色时，他们是怎么做到把自己变得就像那个角色一样的呢？我发现自己在思考我一直在扮演的角色，以及我做得有多糟糕。我并不是一个好母亲，也不是一个好妻子。我尽了一切努力想成为一名好医生，但我现在开始怀疑我所做的一切。和我今天见到的朋友聊天只会让我恼火，因为他们多年以来一直在抱怨同样的事。人为什么从不改变？为什么我不改变……我的头发，我的生活，我的国家，我的星球？我筋疲力尽，感到背痛加剧，但我一动不动。我活该痛苦加身。

一位母亲带着儿子去见圣雄甘地，恳求他："圣雄，请告诫我的儿子不要吃糖……"
过了一会儿，甘地告诉这个母亲：
"两周以后，再带你的儿子过来。"

两周后,她带着儿子回来了。

甘地深深地凝视着男孩的眼睛,说道:

"不要吃糖……"

女人心怀感激,但又感到十分疑惑,问道:

"您为什么让我等两个星期呢?您那时也可以对他说同样的话啊!"

甘地回答说:

"两周前的时候,我自己也还在吃糖。"

表演结束了,但我站在那里忘了鼓掌,只是紧紧盯着"甘地",我的灵魂在这一刻仿佛暴露无遗。这是一场顿悟,一场绝对的顿悟。就在一瞬间,我仿佛明白了我的职业生涯,以及我接下来的生活中要迈出的重要一步是什么。那一天,我意识到我一直在寻找的那个重要的答案已经出现了:首先,我只有致力于照顾好我自己和我自己的生活,我所有的那些基于人类命运共同体而给出的、对别人全面的照顾和关怀才有意义。我记得自己曾经是一个非常虔诚的人。我也回想起了一句名言——"爱人如己",并且得出了结论:我为我的病人、我的家人、我的朋友所做的一切，都是巨大的、难以承受的伪善。

在这一天，我充满了力量，却又内心平静，这一切都是我从未想象过会发生在我身上的。从这天起，我开始确信自己的脚步走在了正确的道路上——我有能力关怀别人，因为我也在关怀着自己。

5

什么是安宁疗护

安宁疗护意味着倾听患者及其家人的心声并协助疗愈。它意味着以最崇高和最饱含爱意的方式说："是的，总还可以做些什么的。"

这是医学上的一大进步。

——一个参加父亲葬礼的女儿

2002年,世界卫生组织(WHO)对未成年人实施的安宁疗护的定义进行了修订,并为儿童安宁疗护做出了单独的定义。

安宁疗护是一种改善罹患危及生命的病症的患者及其家属生活质量的手段,通过早期识别、精准评估和针对疼痛等症状的治疗,从身体、情感、社会和精神等方面来预防和减轻痛苦。

安宁疗护的主要特征：

- 缓解和减轻身体疼痛和其他痛苦症状；
- 肯定生命的意义，但同时也认为死亡是生命的正常历程；
- 既不加速也不延迟死亡的来临；
- 结合病人的心理和精神方面进行照护；
- 提供支持系统，以协助病人尽可能积极地生活，直到死亡自然来临；
- 协助家属面对病人的疾病和丧亲之痛；
- 以团队合作的方式来满足病人及其家属的需求，包括丧亲后的安抚（如有必要）；
- 提高病人的生活质量，这也可能对病程产生积极影响；
- 可以从疾病早期开始，与其他延长病人生命的疗法（如化疗或放疗等，也包括一些必要的检查）一起使用，旨在更好地了解和治疗临床并发症。

世界卫生组织对儿童安宁疗护的定义

儿童的安宁疗护虽然与成人的安宁疗护非常相近，但仍是一个专门的领域。在《全球安宁疗护地图集》中，世界卫生组织将适用于儿童及其家庭的安宁疗护定义如下，这些原则也适用于其他儿科慢性疾病。

儿童的安宁疗护是对儿童身体、思想和精神的积极、全面的照护，也包括对其家庭的支持：

- 安宁疗护从疾病的诊断开始，无论孩子是否接受针对该项疾病的治疗，都将一直持续；
- 医疗服务提供者必须评估并致力于减轻儿童的身体、心理和社会压力；
- 有效的安宁疗护需要广泛的、多学科的方法，包括家庭以及可利用的社区资源，并且确保即使在资源有限的条件下，也能成功实行；
- 安宁疗护可以在三级医疗机构、社区卫生中心甚至儿童福利院提供。

对自己的死亡真正产生恐惧并不是非要到快死的时候，也可能是在患者惴惴不安地等待检查结果的时候。从确诊不治之症那天开始，痛苦就会一直陪伴着患者直至死亡。所谓疾病，是指与化验和影像检查相关的一系列体征和症状。任何人都可能罹患疾病，甚至很多时候最终结局也都一样。就拿癌症来说，世界上患癌的人数以千万计。

然而，疾病对人造成的痛苦是因人而异的、完全个体化的。在我们作为医疗卫生专业人员的日常生活中，我们看到疾病不断重复发生着，但是痛苦从未"复现"过。尽管通过治疗可以缓解疼痛，但疼痛的体验取决于表达、感知和行为的特定机制。每个人都是独一无二的，每种痛苦也都是独一无二的。即使是在具有相同DNA（脱氧核糖核酸）的同卵双胞胎中，痛苦的表达方式也完全不同。

当一个人被确诊患有某种严重疾病时，他会立即感受到痛苦。虽然直面死亡使有些人获得了生命的感悟，但也有人因死亡来得太快而来不及体会生命的意义。因此，安宁疗护不仅允许终止那些可能无效的治疗手段，还提供全方位的切实关怀，努力减轻患者身体上的痛苦，随时关注症状的发展，即使有时为了控制症状不得不进行积极治疗，也会尽量缓解其副作用。当患者开始意识到自己不久于人世时，势必会感到极其痛苦，这种痛苦会激发他们去追寻自己存在的意义。

我总说医学很简单——与心理学领域的复杂程度相比，甚至可以说是过于简单了。通过体检，我可以评估病人身体内部的几乎所有器官；通过化验和影像检查，我可以相当精确地推断出对方身体各个部分的运转状况。然而，无论我观察一个人多久，我都无法看出他可以在什么地方获得平静，或者，他的血管中伴随着胆固醇流淌的负罪感到底有多深，再或者，他们的想法中有多少是恐惧，甚至，他们是否彼时正受困于孤独和被忽视。

面对严重的疾病和无情的死亡之旅，患者的家庭往往也会"病倒"。家庭成员身体疾病的困难阶段通常是由分崩离析的亲情纽带形成的，当然，亲情纽带也可能会越来越紧密。根据一个人在家庭中所处的地位，任何人都可能有非常脆弱的时刻，因为他被强烈的情感纽带束缚，无论是好的还是坏的、容易的还是困难的、是出于爱和宽容还是出于仇恨和憎恶。与疾病的抗争经历会对每个家庭成员产生影响，患者的支持网络在他们生命中的这一时刻可以帮助他们，或者对他们形成阻碍。

生病的人，其精神层面也会受影响。在这种时候，在清楚地意识到自己的生命有限时，那个层面会发出前所未有的强有力的声音。然而，这里最大的风险在于，如果病人的精神世界构建得不够恰当，或者建立在一种与"上帝"或任何被奉为神圣事物的"成本—收益"的关系上，那么他就可能在意识到没有什么可以推迟那场最终的相遇、全部的结束，即死亡的来临时，完全崩溃。最大的痛苦往往来自被"上帝"抛弃的感觉，觉得"上帝"不顺从自己的意愿：在我们遭受如此巨大痛苦的艰难时刻，"上帝"居然直接从我们的生活中消失了。

安宁疗护在疾病的任何阶段都是有用的，但当疾病发展到令身体感受到极大的痛苦，并且医学已经对此束手无策时，它就会变得更有清晰明确的价值和必要性。

然后,当医生对病情的预断已经明确,宣布死亡即将到来之时,医生会下断言说:"没什么可做的了。"但我发现这并不是真的——对这种疾病来说,可能的确没有治疗方法了,但是对患者来说,还有很多事可以去做。

我一直在探索如何照顾和关怀患有严重不治之症的人,这种探索涉及各个方面和维度,尤其关注当患者接近生命的尽头时该怎么做。诚然,我的这种探索总是牵扯到大量的努力和固执——现如今,他们不再说我很"固执"了,改说我是"意志坚定"。固执和意志坚定的表现来自相同的初心和能量,但是它们的区别只有在故事的最后才会被揭开——如果你失败了,那就是固执;如果你成功了,那就是意志坚定。

在这种能量的驱使下,我经常会提出更多的问题而不是答案。我可以看到我的工作对需要安宁疗护的病人的重要性。我不能说我一心扑向安宁疗护的选择是好还是坏,但我个人确实认为,为了(在人类有限度的生命中)提供高质量的生活,安宁疗护是绝对不可或缺的。对绝症的诊断只会留下一件确定的事——那种无法忍受的痛苦就在前方。当生命即将结束时，有一个关心这种痛苦的人，对那些即将死亡的人和他们的亲属来说，都是一种巨大的安宁和安慰。

在我作为医生的职业生涯中，大多数日子里我都在与死亡打交道。我认为，所有医生都应该接受训练，永远不要放弃他们的病人，但是我们在医学院学到的内容无非是不要放弃对患者疾病的治疗。当某种疾病没有其他治疗方法时，就好像我们医生无法再跟我们的病人站在同一战线上了一样，这会给人一种可怕的无助感和无力感。在日常接受医学训练时，医生往往有一种自己拥有对抗死亡的力量的幻觉，那么这些医生也注定要在自己的职业生涯中不止一次地受到挫败。对只了解疾病的医生来说，不快乐的感觉会永远伴着他。而那些学会以等同于给出"治疗方案"的决心和奉献精神给出"照顾"和"关怀"的医生，会在职业生涯中不断获得满足感和成就感。

我的工作范围不包括为在灾难中或突发事故中受伤的人提供护理服务。我一个又一个地观察着我的病人，观察着他们日复一日的疾病进程。作为一名老年科医生，我常常感到很幸运，庆幸自己能从很多人步入老年之旅的开头就以医生的身份照顾他们。对我来说，这仿佛是一种无上的荣光或特权。随着时间的推移，我陪伴着他们，并将他们视为以一种独一无二的方式经历痛苦的独一无二的个体，因此我必须按照这种护理的要求做好准备，并且时刻做好准备。我正在进行的技术学习和科学教育，我的人性、善念以及我对自己的照顾和自我保健，必须达成一种完全的和谐。没有这种平衡，我就不能尽我所能地完成我的工作。我必须提供最好的专业技术，呈现最好的状态。我永远不能说自己已经最大限度地发挥了我的人性，但我知道我对自己做出了巨大的承诺，日复一日地培养那双独有的、专注的眼睛——这足以让我每天晚上都能安然入睡。

掌握技术性的医学专业知识、熟练地评估临床病史、准确选择药物和解读检测结果，都需要花费相当大的努力，但随着时间的推移，这会变得越来越简单。直视你要照顾的人和他的家人的眼睛，承认每个人的生命故事中所包含的痛苦的重要性，这种能力必须是一种完全主观并有意识的行为，它永远不可能自动完成。我必须全神贯注于每一个手势，对我的语言、目光、态度，最重要的是对我的思想都体现出最大程度的小心和谨慎。对濒临死亡的人来说，一切都必须绝对透明化处理。

令人惊奇的是，当人们接近死亡，并由于感受到自身的有限性而痛苦时，他们都像是长出了一根真正追寻真理的触角一样。他们以令人难以置信的洞察力感知着生活中真正重要的一切。当他们直接接触到自己存在的本质时，还会发展出能看透周围人的本质的能力。人们能"战胜"绝症——你必须对面对死亡的人的伟大给予尊重。真正的英雄并不是逃避死亡的人，而是承认死亡给予他们最深刻智慧的人。今天，在21世纪初，每年有100多万巴西人死亡，他们中的大多数都会遭受巨大的痛苦。其中，大约有80万人知道自己将死于癌症和慢性退行性疾病。平均每10个读到我这些话的人中，有9个会在他们生命中的某个时刻，通过身患重病的经历，非常具体地感知到自己生命的有限性。总有一天，我们每个人都将成为像上面那样的统计数据中的一分子，而最令人痛苦的莫过于，那些我们所爱的人也会遭受这样的命运。

早在 2010 年，英国杂志《经济学人》在一项调查中评估了 40 个国家死亡质量的情况。在这项调查中，巴西是世界上死亡环境第三差的国家，而且情况也就勉强比乌干达和印度这两个国家稍好一点罢了。死亡质量通过各项指标进行评估，其中就包括安宁疗护的可用性和可获得性、相关卫生人员的本科教育程度、可用于安宁疗护的床位数量，等等。当 2015 年重复上述调查时，巴西在 83 个被评级国家中的排名变成了第 42 位，而乌干达已经超越了巴西。我很高兴，因为我了解我个人认识的乌干达团队之前做出的巨大努力；但回过头来看我自己的国家，发现想要制订出符合我们现实需要的目标有多么困难时，我又感到十分难过。我痛苦而清晰地认识到，我们的社会还没有做好准备。我们的医生，作为这个悲惨的社会现实中的一部分，还对他们自己也终将死亡的现实怀抱着无知和忽视的心态，更别说为应对死亡的过程做好准备，从而使他们的病人自然地结束其作为人类的生命了。

在生病到死亡的过程中，疼痛以及身体上的其他痛苦仿佛在说："你好，我们的存在是为了让你体验自己的死亡。"所以，当我谈到感受痛苦时，我指的是在我们离去之前用心去感受痛苦要告诉我们的事——那些关于生命的事。然而，只有当痛苦停止时，我们才有力气思考生命的意义。作为一名医生，我的职责是利用一切可以利用的资源来治疗病人身体上的不适。如果病人的呼吸不再急促，如果所有强烈的身体不适感平息，就会有时间和空间让生命升华。但往往实际情况是，当身体上的痛苦得到缓解时，随之出现的就会是其他情感和精神上的痛苦。看到病人的身体状况良好时，家属们往往觉得松了一口气，但接下来他们将不得不面对生活中缺失的那些东西，他们的思想将会转向那些"尚未完成的事情"。我们也将很快谈到这个问题。

要缓解病人身体上的不适，医生得了解如何提供相应的护理，因为仅仅通过握紧手、团结一致面对苦难或者祈祷是不够的。为了减轻身体上的痛苦，需要明确、具体的干预措施，这些措施涉及大量控制症状的专业技术知识。目前，巴西几乎所有的医学院都还缺乏这方面的相关知识。我之前在圣保罗大学医学院附属医院（HCFMUSP）所设立的一个专门从事安宁疗护的科室工作，在那里我接待了一些被转到这个医院的病人，他们真的有可能在很短的时间内死去——"很短的时间"是指字面意思，真的很短暂。从我问候病人的那一刻起，平均每两周我就会在一个人的死亡证明上签字。有些人在我的照顾下只活了几个小时，有些人可能会和我在一起待上几个月，但平均的时间是十五天——对一个临终的人来说，十五天太短了，不足以找到心灵的慰藉，很多人直到最后一刻，还在苦苦寻找生命的内涵和意义。

当你设法成功地控制了身体上的症状时，被认为已经失去的生活便又重新开始了。医生面临的挑战是在不对患者使用镇静剂的情况下，正确评估和治疗其身体方面存在的问题。不幸的是，在巴西，所有人都认为安宁疗护就意味着给病人注射镇静剂，然后在那里干等着死亡的到来。许多人还认为，这就意味着支持安乐死或者加速死亡的进程，但不是的，他们的认识大错特错。我本人并不提供安乐死，我认识的在安宁疗护方面受过良好训练的人也都并不推荐或实施安乐死。我接受死亡是生命的一部分，我采取一切必要的措施和行为来为我的病人提供健康——这里，健康被定义为一种身体、情感、精神、家庭、社会上的舒适感。我相信，人应当有尊严、有意义、有价值地活着——无论从哪个角度来看，都包括可以接受死亡，并将其作为有意义的生命之旅的最后一部分。我相信死亡会在正确的时间到来，这一点也被称为"对死亡的修正"，但我在实施安宁疗护方面更有抱负——我的目标是传递和帮助"体面死亡"，或者干脆通俗点来说，让人"安详地"死去。

作为一名相关行业的从业者，无论是在圣保罗市的阿尔伯特·爱因斯坦以色列医院，还是在圣保罗大学医学院附属医院专门从事安宁疗护的临终关怀病房，我一直都在留意我所护理的病人中采取姑息性镇静（Palliative Sedation）治疗的比例。在我的"护理星系"中，只有大约3%的病人需要使用镇静剂。在我协助"体面死亡"的小世界中，97%的人在他们最舒服的时候死去，在那些比电影中的任何场景都更加美丽和动人的时刻"谢幕"。只不过，没有导演，没有演员，没有剧本，没有彩排。人们一次就搞定了，死亡是不可能有彩排的。到最后，在那个人的生命中，有一个美丽的、动人的场景，充满了意义。人死如其生。如果他们从未活过有意义的生活，那么他们也不可能有机会经历有意义的死亡。

对大多数人来说，死亡的过程可能是非常痛苦的，尤其是在人类生命的这一神圣时刻发现主治医护人员缺乏相关知识和技能的时候。当健康辅助团队可以真正熟练地为病人在其生命中剩下的时间提供适当的护理时，即使这剩下的时间可能非常短暂，他也有机会——无论听上去有多么不可思议，带着与"伟大英雄"相称的荣誉和荣耀，从正门体面地离开，就像生命中的主角一样。

不幸的是，现实的情况还远远不够为所有的巴西人服务。并不是所有晚期病人的医生都知道应当如何照顾和关怀晚期病人。大多数人会说，每个人都知道如何实施安宁疗护——只要有足够好的判断力。问题是，不是每个人都有良好的判断力，尽管他们都认为自己有！我从未听说过有人去找心理医生说："我来这里接受治疗，因为我的判断力不够好。"社会需要理解，安宁疗护必须经过学习才能掌握，而且社会必须努力为医生和其他医疗机构从业人员提供帮助与指导。这项技能要求从业人员具备较高的综合素质和表现，更重要的是，它会给人带来职业满足感和自我价值感。

6

同情心和同理心

不要让我为隔绝危险的荫蔽而进行祈祷,
而应让我为不怕危险的勇气祈祷。

不要让我为止息痛苦而祈求,
而应让我为征服痛苦的意志而祈求。

不要让我在生命的沙场找寻盟友,
而应让我依靠自身的坚毅。

不要让我为等待救兵而处于焦虑和恐惧之中,
应让我为自由奋战的耐性而期待。

允诺我,不要让我成为你的弱者,
只会体会你成功恩典的弱者;

要让我在失败之中,找到你双手的紧握。[1]

——拉宾德拉纳特·泰戈尔,印度诗人

---

[1] 本段译文摘自 2014 年北京联合出版公司出版的《园丁集》(附录一 采思集),译者为冰心。

陪在需要安宁疗护的人的身边并为他们提供帮助，并不意味着代替那个人去生活。当一个人正在经受痛苦或即将死亡时，陪在他身边的人所需要具备的能力，或者可以称得上是一种天赋，通常被称为"同理心"或"移情"。同理心是一种能设身处地为他人着想的本事。与此同时，对希望从事安宁疗护行业的医疗机构从业人员来说，这可能也是最重要的一项技能；但这是一柄双刃剑，因为它也可能是专业人员无法再提供这种医护行为的最大风险因素。

同理心（Empathy）具有一定的危险性，而同情心（Compassion）会适当保护你。同情心使你能理解其他人的痛苦，却又不会过度受到负面情绪的影响，它会帮你规避这种风险。同理心可能会被消耗殆尽，但同情心永远用不完。同理心有时候会让人十分盲目而忽视掉其他一切，可能会让你沉浸在他人的痛苦中而忘了自己。而对同情心来说，要同情别人，你得先知道自己是谁以及你能做些什么。

下面我来解释一下盲目的同理心可能带来的风险。假设汽车的汽油刚好够你开 100 英里（约 161 千米）。如果你开出了 100 英里，就没办法开回家了。如果你能让自己设身处地站在另一个人的位置上思考，但又不知道自己究竟能掌控些什么，那么你就是在冒险。只想着把自己放在他人的位置上，却永远不想着回到你自己的位置上思考，那么你会陷得很深，而且不知道自己到底可以做到哪一步。因此，对任何想从事安宁疗护的人来说，第一步就是先了解你自己，知道你能处理些什么、愿意做什么和可以做什么。如果你想要处理，却发现那意味着超越了自己的极限，那么这时候，你就必须在路上设置"停车点"来让自己重新"加满油"——比如，喝上一罐果汁，来一杯茶或者咖啡，上个厕所，泡个澡，见见朋友，尤其是那种可以理解你、总能陪在你身边的朋友，以便自己能继续朝着帮助另一个人的道路进发。与此同时，病人们也会审视自己，发现他们能做的也比自己之前认为的要多得多——所以其实，这种情况下陷得深一点也没关系。

但有时候你别无选择。也许你会遇到这种情况——某个你爱的人快要死了，所以你为对方超越了自己的极限。只不过，要想好好地陪在他身边，你必须先自己对自己负责。照顾一个即将死去的人却对自己不负责、无法照顾好自己，这种行为在我看来完完全全、彻彻底底是一种伪善。任何没有照顾好自己就去照顾别人的人，最终都会因为没有照顾好自己的身体、情感和精神而面临各种各样的糟糕状况，就像浑身塞满了有害垃圾一样——如果你真的希望照顾好别人的话，这种垃圾不会带来任何好处。事实就是这么简单。我经常听到这样的说法："我要照顾我妈，我要照顾我爸，我要照顾我妹妹，我要照顾我丈夫，我还要照顾我的孩子。我完全没有时间照顾我自己。"这时，我就会故意用犀利的言辞劝阻道："那就别到处跟人说，太丢人了！对我来说，这就好像把大便拉在裤子上一样。你可不会到处跟别人说：'我拉在裤子里了！'这真的很尴尬，也很不负责任。而当你声称别人的命比你的命更值钱的时候，你其实是在撒谎——你看重别人的命是为了给自己脸上贴金，因为这样你就可以说：'看我多善良啊！我马不停蹄地照顾别人，都快要把自己累死了！'"

这种事不仅仅会发生在普通人的身上，也会发生在从事这一领域的医护人员的身上，他们会认为自己很善良，但不会关心自己。同理心会让你站在别人的角度去感受他们的痛苦，而同情心使你能理解他人的痛苦并将其转化。这就是为什么你必须站得比同理心高。我们每个人都需要有人能理解我们的痛苦，帮我们将痛苦转化为更有意义的东西。

7

害怕死亡,
害怕生活

我不害怕死,但是害怕死的过程,

是啊,死亡紧跟在我身后,

我却要转身面对死亡,

这是我最后的演出,

而我必须在场。

就像一名总统

将职位交给继任者那样,

我将不得不活着死去,

一直都知道我终将离去。

——吉尔伯托·吉尔,巴西歌手、巴西文化部原部长许多人都说自己害怕死亡，但当我看到他们的生活方式的时候，我十分震惊——他们酗酒、抽烟、过度劳累、怨天尤人、自我加压，因此往往寿命不长。我喜欢通过指出他们有多么"勇敢"来戳穿和刺痛他们——他们一边嚷着害怕死亡，一边却疯狂地加速奔向死亡。

那些嘴上说自己害怕死亡的人，应该更"负责任"地去害怕死亡——或许应该说他们应当"尊重"死亡。在生命的尽头，恐惧并不能拯救任何人，勇敢也不能，但是，对死亡的尊重可以在你做选择时增添上几分平衡与和谐。它并不会带来肉体的永生，但确实可以让你有意识地去过"值得"的生活，哪怕只是让生活的痛苦减轻一点。悲伤暂时让位给快乐。你可以在庆祝的时刻喝一点酒，在沉思的时刻抽一根烟，为了实现目标而认真工作——但这一切，都必须是适度的。

我们可能会认为，自己可以超越死亡，但对这一点，人们往往想得太天真了。你并不是只在呼吸停止的那一天死去。其实，你活着的每一天都在死去，不管你是否意识到自己还活着。但是当你意识不到这一点的时候，你每天都在加速着自己的死亡。当你放弃自己的时候，你在呼吸停止的那天之前就已经死去了。在你去世以后，在你被人遗忘的时候，就是真的彻底死去了。

8

谈论死亡

我们必须尽量广阔地承受我们的生存；一切，甚至闻所未闻的事物，都可能在里边存在。根本那是我们被要求的唯一的勇气：勇敢地面向我们所能遇到的最稀奇、最吃惊、最不可解的事物。[①]

——赖纳·玛利亚·里尔克，奥地利诗人

[①] 本段译文摘自 2022 年天津人民出版社出版的《给一个青年诗人的十封信（冯至文存）》，译者为冯至。

是时候用一章专门聊聊死亡这个话题了，让头脑中那些关于死亡意义的思绪流动起来，让自己被那些困难的感受吓一跳。当我写作时，我会尊重你的沉默，它们正是我想传递给你的思想所需要的。有时候我会很直接，我的言语可能会刺痛你的双眼。你可以直接合上书，但我知道你会回来的，我们会从我们离开的地方继续向前，或许我们还会往回翻一两页。

总有一天我们都会死。但是当我们还活着的时候，我们要为生活可能提供的机会做好准备。我们梦想着我们的未来，我们走出去，我们实现它——为了作为人类的梦想，比如恋爱、成家、立业、生子、旅行，我们努力成为自己生命中或别人生命中的某个特别的人。只有在那些最不确定的事情上，你才会寻求别人的帮助。谁能保证你会在事业上取得成功？谁能说你会找到一生的挚爱？谁能说你到底会不会有孩子？……谁能保证所有这些事情的可能性？没有人能保证，只有死亡是肯定的。无论你活了多少年，拥有什么样的学历，也不管你组建的家庭有多庞大、有没有爱、有没有孩子、有没有钱，死亡，终结一切的家伙，总会到来。那么为什么我们不为此做好准备呢？为什么我们不开诚布公地谈谈这个我们唯一确定会发生的事呢？

那种会在聊天中暴露出来的恐惧、偏见和脆弱将远远地超过我们想要摆脱它们的愿望。在我们的生活中，有些时候言语是苍白的，尤其是在我们探索自己内心最深处的东西，寻找答案、意义和真理的时候——死亡即这些时刻之一。在《给一个青年诗人的十封信》中，里尔克提供了对我来说，对于生命终结体验的最为崇高的解释。无论对亲历者还是旁观者来说,死亡都是言语无法触及的领域。我帮助处于生命边缘的病人的那些时刻,也永远无法用语言来表达。体验死亡的最佳表达反而是无言的。在人的生命中,也许只有出生和死亡的过程一样让人感受强烈——这可能也正是我们如此害怕死亡的原因。最令人不安的是,我们都将经历这一过程,或者陪伴我们所爱的人经历这一过程。

9

关于时间

你需要时间去看吗?

我们有时间浪费吗?

谁又想知道?

生命是如此珍贵,如此难得……

——莱尼内,巴西创作歌手

当我们经历时间的时候，决定其意义的是时间"如何"被经历。不管发生了什么，时间赋予"经历"以意义。慢慢地死去意味着会有更多的时间去思考死亡，而这一点是很多人所害怕的。人们并不想花费更多的时间去思考死亡。

不过，让我们假设你愿意开始那样的冒险。所以试着回答一下这个问题吧：如果你躺在医院的病床上，等着有人进入房间，这段时间你会是怎样的心情？等待他们来给你换尿布是何种感受？等待给你洗澡，等待给你止痛药会是什么样的感觉？我认为，如果医生们知道他们短暂的存在那么令人期待，那他们可能会更加留意自己和病人及其家属在一起时的言行。

在接近死亡的过程中，你会感觉到那个真正活着的自己，那个对时间拥有主观意识和掌控力的自己，已经渐行渐远。关于自己即将死去的意识，也会让你醒悟到：你所拥有的一切都将不复存在。你的时间不会再回来了，因为你没办法节省时间了。我们把很多时间花在了愚蠢的事情上，花在了不必要的痛苦上，我们大多数人浪费了一生的时间。你不能抓住时间不放。我们执着于太多东西：人、衣服、金钱、汽车，以及我们买回家的各种物品。但是你无法执着于时间。就时间而言，你唯一能留给自己的，是它让你不断积累的经验。

你将如何度过正在流逝的时光？你此刻在做什么来度过正在流逝的时光？对我来说，思考这个问题是一个可以"开启"明智选择的总开关。我一般会用我的时间做些什么？我想到有一次去一家医院进行求职面试时，面试官问了我的学业课程和过往经历。然后他们告诉我，可以随意提问。我好奇地问道："你们为什么认为我会觉得在这里工作很不错呢？"面试官回答得结结巴巴。我又问了几个更私人的问题："那你为什么在这里工作呢？为什么你一天要花八个小时在这里？你为什么要在这里度过人生的三分之一？"

我听说他在我面试的几周后辞职了。我的问题可能让他发现自己对生命利用得很糟糕。当你意识到自己正在抛弃时间、消磨时间时，那么选择就更加紧迫了：必须马上做出改变。

你经历时间的过程可能并不会被你注意到。你可能会经历一个按时钟计算只是持续了五分钟的时刻，但它是如此不可思议、如此特别，以至于它会永远刻在你的记忆里。改变你的时间不取决于它持续的长度。关于死亡的经历有极大的可能在非常短的时间内改变你。一个和我一起在临终关怀病房工作的心理医生认为，心理治疗是很私人的事情，要在一个完全不同于医院环境的治疗场所中体验。不过，临终关怀的环境可能与理想中的相去甚远。屋里可能还会有另一个病人及其亲属，在这样的房间开展心理治疗会是一种完全不同的体验。治疗会不停地被护理人员、清洁工和洗衣工打断。对任何专业人士来说，在各种气味和恐惧中进行交谈，并不是一种非常舒服的体验，这样有可能会干扰病人对谈话的理解和对死亡的接受，从而影响治疗的效果。

我对这名心理医生说："别担心，死亡是一个令人难以置信的实验室，在那里有应对工作的'核动力加速器'。"你早上和一个病人谈话，到了下午，他已经做了所有必要的事情来了解整个过程。对这件事、那件事或者其他事，他要么请求了别人的宽恕，要么达成了原谅，要么直接解决了——现在一切都搞定了。再过一段时间，他将试着解决其他还没完成的事务。

通常，在辅助治疗过程中，一个人需要花上十年的时间才能了解关于自身的一些简单的情况。然而，当临近死亡的时候，个体理解和决定如何利用时间的能力似乎会瞬间加强。他们认为自己是谁，甚至家人认为他们是谁，所有这些最终都会被彻底改变。最后的印象持续的时间最长。一个人在失落时的表现决定了他们会给人留下什么样的印象：如果你在工作中因为不开心就不好好干，导致最后被解雇，那么你就会给周围的人留下不敬业的印象；当你正要结束一段感情，开始不忠，并且写下一份抱怨清单来证明结束这段感情是合理的，这也会给人留下令人极度讨厌的印象。

当你生病时，你对时间的看法与你身体健康时的看法大不相同。等待的时间似乎永无尽头。等待是非常难熬的，因为你完全处于被动地位。你不能做事，所以就好像你没有在活着一样。"我现在什么都不能做吗？我什么都不能做了吗？"医学无能为力，所以你只能等待死亡的到来——最大的难题不是死亡，而是等待死亡。

法国精神病学家和哲学家尤金·明可夫斯基研究了这种"生命时间"，给出了三种关于时间的双重视角。

第一种双重视角涉及期望和活动。对某件事抱有期望意味着什么都不做，因为结果并不取决于你。这种期望包括对时间的痛苦感知。

第二种双重视角关乎欲望和希望之间的关系。欲望包括寻求你所没有的东西，希望是被乐观主义改变后的期望。期望总是与未来发生的事情有关，但希望可以在任何时间段内出现。我们可以希望正在发生的事情有一个积极的结果。等待活检的结果、等待正在进行的手术的结果，希望最终被告知"不是癌症"……在这些时刻，希望可以减轻痛苦。

第三个（也是我最感兴趣的）双重视角是祈祷和道德。明可夫斯基将祈祷定义成某种你与自己内心探求到的东西的关系，你会与比你自己更强大的东西，如神圣的某物或某人、神性或神灵[①]进行交流。这种能与更强大的东西交流的内部空间使你更强大，更有力量。你做了这么多，做了你力所能及的一切，然后你决定与你内心中某个更强大的东西联系起来，超越自己，这就有了祈祷。祈祷总是包含一个更好未来的愿景。对明可夫斯基来说，祈祷不同于冥想，冥想让我们专注于当下；也不同于求祖先庇护，因为求祖先庇护是与过去相联系的。之后，他将祈祷与道德行为建立了双重联系。在祈祷中，你希望有更伟大的东西能拯救你，解决问题；在道德行为中，你与那股存在于你体

---

① 对外国人而言，一般指"上帝"。

内的力量联系在一起，它会引导你为他人做一些超出你意愿的事情——那是人类成为"神"的时刻。

那是我们这个世界的什么时刻呢？对我来说，这一时刻的一个比较清晰的例子是当我听到一位母亲对她垂死的孩子说"你可以走了"时。最开始，她可能会祈祷疾病治愈，但后来她与那股力量联系起来，终于明白事情的最好走向并不是她希望的那样。这位母亲明白了怎样对孩子才是最好的，虽然她知道接受这一切会给她带来诸多痛苦，但她还是接受了——放手，因为爱。

当你与你内心更伟大、更神圣的力量相连接时，你能为他人做好事——真正的好事，因为那是客观上需要做的事，而不是因为它是你自己想要的。事实上，它是独立于你的意愿而发生的事情。当你让美好的事情发生时，它就流转了，时间就像被赋予了世界上所有爱的意义。当你与他人建立联系，从你生命的最深处，从你的本真处说"让最好的事情发生吧"，那时的你是最有力量的。最好的事情会发生，而且很快。

我们所能看到的、由时钟衡量的，以及我们感觉静止不动的时间，就是那些我们觉得流逝得毫无意义的时间。"不在当下"的一个典型实验模型是地铁。地铁上的人从来不是真的在那里，他们只是为了从一个地方去另一个地方。在车厢里的所有人中，没有一个人"在场"。当你在地铁上时，你会想：离我到站还有多长时间？对许多人来说，生活就像蒙着眼睛在地铁上——他们进入一个地方，却不知道这是在哪里，也不知道要在哪里下车，他们"不在当下"，他们只是在里面而已。忽然门开了，有人喊道："安娜·阿兰特斯，你下来！"我只会惊讶：什么，已经到了吗？

当一个亲近的人死去时，你也会想到，轮到你自己离开人生这趟"地铁"了。你思考着自己的死亡：在我到达该下车的站点之前，还有几站？

我的工作就是陪伴那些身患重病的人。当他们来找我时，已经穷尽了治好或者控制他们疾病的任何可能性。我很清楚时间在他们的生命中有多重要。这些人几乎不剩什么时间了。

不幸的是，我们的文化还存在缺失——缺失了成熟、正直、现实。时间在流逝，但大多数人没有意识到的是，当你一次又一次地看着时钟，等待一天结束的时候，事实上你在催促时间走得更快一点，也在呼唤你的死亡更快到来。然而，不论任何人想让时间快点走还是慢点走，时间都只会按照它自己的节奏流逝。

区分生与死的是时间。生命就是你在那段时间里做了什么，它是你的体验与经历。当你一生都在等待着一天的结束，等待着周末，等待着假期，等待着退休，那么你也是在等待死亡的那一天更快地到来。我们说着"工作结束后生活才开始"，但我们忘记了，"活在当下"并不是一个你高兴就打开、不高兴就关上的按钮。不管有没有快乐，我们的时间都在稳步流逝，人们却好像很少能意识到这一点。

10

如何帮助某人渡过生命河流

死亡最好的一面,

是它那笨拙的咒语:

一切皆因生命而起。

　　——阿黛里亚·普拉多,巴西诗人

如果有人在你眼前即将死去,你可能觉得自己是个只会担忧的旁观者:"我现在该怎么办?这个人快死了,我能为他做些什么?我应该为他做些什么?我想为他做些什么?"当你问着自己这些问题时,时间在流逝,生命在流逝,你眼前的人也在流逝。

现在我看到河水流过。我蹚过河,弄湿了我的脚。我能感觉到水是冷的还是热的。我能看到河流的底部,也可能看不到,但当我决定进去,迈出第一步时,我能感觉到脚下的沙子。我在河边做什么?当我试图理解我在河边做什么的时候，我发现自己站在一条生命河流的旁边，这条生命河流就像在寻找大海一样奔腾而去。而我的思考让我唯一能确定的是，对于人为什么会死没有真正的解释。许多人不同意这句话，因为每个人都有自己的理论和信念；但是直到今天，没有任何个人的、艺术的、精神的或科学的理论能回答生命是什么，以及生命为什么会结束。

所以我没有浪费时间追问这个问题，它和"火为什么会燃烧""水为什么是湿的"以及"这是什么意思"属于同一类问题。当你浪费时间接受那些关于生活是什么的假象时，你就无法了解它的本质。你错过了出生和生活的真相，又用一生错过了死亡的真相。

人都会死，但不是所有人都会在某一天知道他们自己为什么而活着。我不知道孩子为什么会死，对这一点没有什么合理的解释，但事实如此，他们确实会死；我也不知道年轻人为什么会死，但他们也确实会死；老年人总会死去，尽管我们会老死这一点多多少少可以称得上是显而易见的，但接受这一现实并不总是那么简单。遇到不接受亲人要去世的人并不稀奇，哪怕亲人的年龄已经很大了。然而，无论老人还是年轻人、富人还是穷人、黑人还是白人、男人还是女人，无论是暴躁的律师、热心的志愿者还是腐败的政客，死亡都会来敲他们的门。无论你是否准备好，它都可能与疾病和痛苦一起到来。接受你需要为死亡做准备并不能避免这种遭遇，但它可以帮助避免随之而来的恐惧，并将其转化为尊重。

在全心照顾和关怀一个人的过程中，我并不知道人们为什么会死，我永远也不会知道。但我知道，我之所以在那里，在床边，在生命的河边，是出于一个很棒的理由：面对一个生命垂危的人，我知道在生命即将结束的那个神圣时刻，我有很多重要的事情要做，我在那里是因为我必须在那里。在我的工作中，我的目的是去回答一个简单的问题：我能做些什么来使这种情况变得最不痛苦、最不困难？我要学习些什么，才能使我的陪伴大大减少对方的痛苦？如果人们真的足够诚实地看待死亡，并问它生命中最重要的是什么，那么没有人能有机会找到答案。

问题是，我们常常与自认为能"永恒存在"的人同行。"永恒存在"——在这种错觉下，他们不负责任地生活着，并不会坚守真、善、美，远离了他们内心的本真。不愿意谈论或思考死亡的人，就像在没有家具的房间玩捉迷藏的孩子一样——他们以为用手捂住眼睛，就没有人能看见他们。他们天真地认为："如果我不去看死亡，它就看不见我；如果我不去思考死亡，它就不存在。"人们甚至还将这种"聪明才智"运用到了生活本身。他们会认为，只要他们不惜一切代价维护糟糕的情感关系、糟糕的工作和糟糕的生活，不对它们进行审视，就可以当它们不存在。但是垃圾总是会想出办法让自己被发现的，它会发出臭味，引起不适，带来疾病。

他们可能认为，如果他们不去看从教条教义中塑造出来的死神，那么这个死神将永远表现良好。他们不想知道一个并不会在相遇时带来圣迹和奇迹的死神的真相。这样的人活得半死不活的，不管是对于友谊，还是对于与同龄人的相遇；这样的人在家庭中死掉了，也在与他们生命中神圣的事物的关联中死掉了。像死了一样地活着，意味着从来没有真正地生活过；他们存在，但并不会生活。

你身边肯定也有很多这样的人。我称他们为"行尸走肉"或者"活死人"。在社交网络中，他们不断鼓吹暴力和偏见，内心阴郁十足，表面却大大咧咧，他们在不知不觉中亲手缔造着自己的死亡。他们都像是畸形成长的、多病的孩子，浑身赤裸、一丝不挂，用手捂着眼睛，就认为自己是隐形的。他们没有意识到，自己正把最糟糕的一面暴露在整个社会面前。他们在自己的存在中选择"不在当下"，这也许是这些人在生命结束时感到遗憾的最主要原因。

关于"不在当下"，无法解释的一点是，人们在自己的生活中"缺席"。想要与你自己、他人、自然、你周围的世界以及每个人都认为神圣的事物保持联系，首先需要"在场"。对于在自己的生命中都"缺席"的人，没有和他们谈论死亡的必要。不，我并不是在谈论与濒死者的对话，我指的是这些"活死人"，这些无法对死亡进行哪怕一丁点儿勇敢思考的人——"行尸走肉"，他们已经将自己埋葬在了人性的所有维度中，漫无目的地游荡着，他们剩下的、仅存的、还未死亡的，就是他们的肉体。

接下来，我们将讨论死亡过程的各个维度。健康领域已经对生物学意义的躯体进行了大量研究。然而，这只是给我们提供了一个机会，去感受生而为"人"是什么样的体验。因为拥有正常运转的心脏和肺或保持器官充分运转并感觉良好的能力，均不能完全概括什么是"人"。我们努力生活在最佳的温度和大气压等条件下，但是我们为什么要寻求这些正常条件呢？为什么我们想要有功能齐全的器官和良好的身体机能呢？因为只有这样，我们才能有生而为"人"的体验。

在英文中，"人类"（Human Being）是地球上唯一由动词定义的物种。牛是牛，蝴蝶是蝴蝶，但只有我们是"人"（Human）的同时，也是"存在"（Being）。我们生来就是有意识、会思考的哺乳动物，但我们成为人类的程度取决于我们学会成为人类的程度。然而，我们这个物种中的大多数仍然不知道这是什么意思。当我真正思考的时候，我终于明白了"人情味"这个词的含义。在那之前，对人情味的讨论于我似乎毫无意义。现在我清楚地看到，我们这个物种中有很多只能称为有意识、会思考的动物，他们全凭本能野蛮行事，他们不会深入思考，体会不到内心深处的情感，也无法获得深层的感悟。我开始意识到，需要让他们更有人情味：你是"存在"，只有当你知道这个过程如何结束时，人类"存在"的完整性才会体现。我们每个人都在组织、发现和实现着自己，为了更好地成为人类，直到死亡来临的那一天。

> 只有更好地
> 认识死亡，
> 才能更快地
> 领悟生命的真谛。

总有一天，我们会不厌其烦地去排队体检，减掉我们的大肚子，照顾我们孩子的生活起居。思考死亡让我们觉得自己必须要做点什么。另一个严重的错误是：我们开始通过"做事"来逃避"存在"。然后我们认为，好的生活就是有事可做；而当身患疾病后发现自己什么都做不了了时，我们就认为自己要死了。但事实并非如此。生而为"人",简单来说,就是无论我们身在哪里,都要让我们的"存在"更有意义。"缺席"了自己生活的人,到了要死的时候,也依然是"缺席"的。许多人就是这样,永远在"缺席",而当他们真的"在场"时,他们又会觉得那段时间是空白的。

回到死亡本身,为了帮助即将死去的人,你必须了解他们身上正在发生什么。身体层面的状况只是表现人的其他层面的一种必要前提而已。男人或女人,孩子或老人,无论什么样的肤色、种族、信仰或信念,人都是复杂的存在。

所有关于痛苦的文章和论著基本都列举了四个层面:身体、情感、社会和精神。先说身体层面,眼前的现实决定了人们总是期盼能最大限度地改善身体状况。然后是情感层面,这是最普遍的层面——从规模和复杂性的意义上来说是普遍的,而并不是说对每个人都一样。

至于社会层面,由于我已经在这个领域工作了相当长的一段时间,我会让自己将家庭层面从社会层面中独立出来。因为家庭的动态变化是复杂的,会独立于你所生活的社会之外；每个家庭都是所在社会的缩影，可能运转得很好，也可能运转得不好。无论政客们多么傲慢，他们都可以描述他们喜欢的关于家庭的概念，但唯一能真正定义一个家庭的，是把其成员联系在一起的爱的纽带，就连血缘关系也不如全面的情感纽带牢固。有些家庭在道德上或伦理上被认为是不应该存在的，但仍然具有家庭功能。每个成员都在家庭的运转中发挥着作用。比如总有那么一个人是替罪羊，有一个人很令人厌烦，有一个人很虚伪，有一个人照顾着其他所有人，有一个人可以被认为是金钱意义或者存在意义上的提供者或者支撑者，等等。每个人都在家庭中占有一席之地、一个宝贵的位置，这对家庭的良好运转至关重要；所有的一切都彼此平衡，并在这种灵活的模式中寻求着和谐。这就是为什么我认为家庭层面与社会层面完全不同。

最后是精神层面，精神痛苦在人生的最后时刻可能表现得最为强烈。对死亡过程的了解会让护理人员的生活变得轻松许多：当你知道发生了什么，你就能自如地应对整个过程，也能自然地感知死亡。

11

允许自然死亡

死亡是我们攀登的最后一座高山。

在一个科学界整天谈论着干细胞话题的世界里，什么是自然死亡？

今天，我们生活在医学史无前例发达的时代，有很多手段来延长人类的寿命。可尽管如此，即使有了这些技术，我们还是会死。自然死亡的前提是存在一种任何先进的治疗方法都无法治愈的严重的疾病，这种疾病会恶化，并且医学能够提供的所有治疗方案都对它毫无作用。没有什么能阻止患有这种疾病的人走向死亡，这是这种情况的必然结局。这种时候，我就会向那个病人提供安宁疗护。

在过去的二十年里，我实施过的安宁疗护就是这种照顾临终病人"最后一程"的过程。有时，那"一程"不是病人死前的最后一段时间，而是真正生活的最后一段日子。临终并不在"这周"或"下周"，它并不是一个时间概念，而是一种严重的、无法治愈的疾病导致的临床上的状况，这种疾病没有任何控制的机会，医学对此也束手无策。临终状态可能会持续几个小时、几天、几个星期、几个月甚至几年的时间。如果疾病慢慢地、一点点地发展，病人可能会需要数年的时间才抵达死亡；如果进展很快，病人可能会在一周或几天内去世。

当我从生物学的层面研究死亡的过程时，传统医学并没能回答困扰我的问题。现在用专业术语来说，病人临近死亡时，病情会急剧恶化，出现器官衰竭甚至是败血症。这就是为什么大多数濒临死亡的人被送往医院后，会被转移到重症加强护理病房（ICU）。医生们目前还不清楚心脏病发作和死亡之间的确切联系。事实上，死亡永远是无法阻止的，即使你用尽了医学所能提供的一切手段，一旦病情恶化，进入死亡过程，人体是无法再回到自然进程的。

但是死亡的"主动"过程是什么呢？我只在东方医学——中国的中医和藏医、印度传统医学等知识中找到了这个问题的答案。我在许多关于东方传统的书籍中寻找信息，然后将这些知识与我对之前帮助过的数百人的仔细观察结合在一起。现在我为病人及其家属提供临终关怀服务时会感到更加平静。

那么，我们死后会发生什么呢？

12

死亡的过程和
四种元素的分散

杯中的水是光辉的;

海中的水却是黑色的。

小理可以用文字来说清楚,

大理却只有沉默。[1]

——拉宾德拉纳特·泰戈尔,印度诗人

---

[1] 本段译文摘自 2017 年中译出版社出版的《飞鸟集:英汉对照》,译者为郑振铎。

东方文化告诉我们，自然界中有四种基本元素：土、水、火和空气①。它们是我们的组成部分，我们也是自然界的一部分。当我们处于死亡进程中时，构成我们身体的元素会分散。

土元素的分散很容易让人联想到我们有形的、肉身的存在；随着疾病的发展，土元素会加速分解，快慢取决于疾病的严重程度。而随着土元素的分散，病人的身体也开始瓦解。

---

① 在中国传统文化中，有"地、水、火、风"的说法。

分散的过程也涉及水。从生物学上讲，濒死之人往往会脱水，排尿减少；其消化道和支气管中的体液、分泌物和酶的产生减少，黏膜开始干燥。今天，医学研究已经发现，如果人们轻微脱水，他们会死得更舒服。因身体状况恶化入住ICU的病人通常会经历难以忍受的痛苦，这是因为医生对死亡的"主动"过程一无所知，会给病人注射很多液体，而这会导致黏膜炎、皮肤肿胀和浑身疼痛。自然死亡的过程中，肾脏也会停止工作，不再产生尿液。即使医生枉顾自然规律，肾脏也会尊重水的分散过程，因此病人想要自然死亡几乎不可能。

想象一下，一个垂死的身体还要与所有那些只会碍手碍脚的干预措施做斗争——因为它们根本无法阻止死亡。

经历水分散阶段的患者往往表现出非常典型的行为，他们往往变得更爱自省。他们审视自己的内心，审视自己的生活；他们觉得关键时刻到了，是时候诚实地回顾他们走过的路了。在这种时候，有一种选择是服用抗抑郁药。我们知道，在当今社会，一个人很难静下心来思考人生，因为身边的人总是在说："你怎么了？不要悲观！你必须反击！要有信仰！"好像周围的人无法接受我们去寻找现实的意义和生命的本质。但是，不管有没有来自社会的压力，也不管是否服用抗抑郁药，水的分散过程会发生在我们所有人身上。这种时候，如果患者在没有任何真正指征的情况下服用了抗抑郁药，他们在回顾自己的生活和选择时虽然不再痛苦，但他们也不会对现在拥有的东西感到快乐和满足。药物治疗不当会使病人失去所有感觉和情绪——就像被包裹在玻璃纸里一样，一切都是虚空，病人不会感到冷、热及情绪等，他们什么都感觉不到。

那么，让我们假设病人没有服用抗抑郁药，而是开始变得悲伤。然后家人会说："你难过吗？你没有反应吗？"不是，他们正在做出反应，他们正在内部做出反应。他们前所未有地深入探索，在自己的本质中寻找自我。因为在那一刻，当他们深入挖掘自己的本质时，火的分散就开始了——正是因为他们向内心的深处挖掘，自我才得以完整地显现。

在火的分散中，每一个细胞都意识到时间正在流逝，但仍有时间来活着。我们总觉得，自己的生活还有时间，但正是火的分散为这一点充分地显化腾出了空间。你正走向终点，但现在这条路变得更加美丽，更加充满生机。你可能认为，当你的每一个细胞感知到生命即将结束时，绝望的混乱就会出现，细胞会处于一种恐慌和完全崩溃的状态。但事实并非如此。如果你总是以平和的方式连接到你的细胞意识，你会一直生活在和谐与平衡之中。当每个细胞意识到它在这里的时间即将结束时，它会尽一切努力——最后一次，尽最大努力。那么你的肝细胞就会成为模范肝细胞；你的肺细胞又开始熟练交换气体；你的脑细胞会醒过来，所有那些从未被使用过的神经元会在好奇心的驱使下醒来，审视这个场景，然后说："让我看看是怎么回事。"突然间，你的整个身体都恢复了正常的运转。整个人也似乎变正常了。这就是回光返照——临死前的重整旗鼓，蜡烛最后闪烁的美丽力量。火的分散给将死之人提供了一个机会，让他看到人类来到这个世界是为了什么；而那个人将有机会向世界展示，是爱支撑着他走到了这里。

在火的分散中，我在几乎所有我曾经照顾过的人身上看到的是，你来到这里是为了爱和被爱。这个人内心有多少垃圾并不重要；在火的分散中，那些渣滓将转化为爱。无论是谁，他们都有机会证明这个世界是美好的，而且仅仅因为这个人的存在而变得更美好。就算你遇到地球上最糟糕的人，也要看着他们，满怀希望地微笑；这样，他们在临死时，将有一个不可思议的机会变成好人。甚至那些没有提前得到死亡警告的人，那些死于意外事故或某些暴发性疾病的人，据说几乎总是在死前不久表现出行为上的变化。

在火焰消失的那一刻，许多答案得以浮现出来，这个人拥有机会并允许自己有机会去爱、被爱、原谅、请求原谅、说"非常感谢"，而且如果他们意识到即将发生什么，就会说"再见"。这没有固定的时间，因为每个人的情况不一样。作为一名医生，如果我认识到这一点，并允许这段时间自然地度过，伴随着整个过程，我就防止了不必要的干预。这是一个复杂的过程，经历了充分的爱，表达了病人的本质，展示了他们来到这个世界的目的，这是死亡过程中最清醒的时刻。

一旦火的分散，与自己的本质完成了真正的相遇，这个人会发现在他内心深处存在着神圣的东西。在那个最深、最神圣之地，蕴藏着生命的气息。生命的呼吸相当于空气元素，这是上天借给你的，让你完成在地球上的使命；一旦使命结束，就必须归还原主，这是空气开始分散的时候。

这是被称为痛苦的阶段，大多数人会称之为"濒死期"，因为只有在空气分散的过程中，死亡的迫近才被完全感知到。在那之前，只是身患疾病，你求助于药物、寻找治疗、做化疗、做手术、服用实验性药物，用尽一切办法。

随着水的分散，悲伤也随之而来；服用抗抑郁药可能会减轻悲伤，也可能不会，但它确实会发生。然后病人会进入重整阶段，这段时间他们看起来比较精神。接下来是痛苦的阶段：是时候回归生命之息了，它将从它来时的同一条路离开。随后，是呼吸困难阶段——呼吸困难，快速或缓慢，然后暂停，接着深呼吸。如果你陪伴一个病人经过了先前的分散过程，可能会像之前一样继续照顾他。但空气分散的过程和之前的过程不同，当你关注病人时，你会不自觉地开始随着他们的节奏一起呼吸。如果病人很焦虑，你可以和他交流，尝试让他平静下来，否则你可能会被他的焦虑"传染"。然而，在一个人经历死亡的时刻，陪伴他们呼吸是不可能的，绝对不可能。除非你也快死了，否则没有办法和他合拍。你可以感受他人的情绪，甚至改变他们的情绪，但这种魔法在死亡的过程中不会起作用——它已经开始并将结束，在ICU、在普通病房或在家里。死亡没有偏好的设定。

你与另一个人最亲密的表现就是在他们即将死亡的时候陪伴他们。没有什么比参与一个人的死亡过程更能表现两人的亲密了——不是性，不是亲吻，也不是信任。那一刻，你会问自己，对一个快死的人来说，活着意味着什么——无论是谁快死了，他都会寻找存在的意义。他们都会问自己：什么是最重要的？什么是责任？什么是恐惧？什么是内疚？什么是真相？什么是幻想？所有这些都赤裸裸地暴露出来。

垂死的人是赤裸的，剥去了所有身体、情感、社会、家庭和精神的外衣，他们赤裸着，也能看到同样的你。将死之人会发展出一种独特的视觉能力，站在他们身边的人也是赤裸的。需要多久才能达到这一境界？还没人知道。这种对时间的"不了解"使你能活在当下，它给你带来了体验"充实"的机会。当你说你感到满足时，那是因为你的思想、感觉、态度和身体都在一起，在同一时间、同一地点。陪伴一个濒临死亡的人可能是你生命中一个尤为充实的时刻，这种时刻发生得很快、很短暂。死亡，无论是你的还是其他人的，都将是一种罕见而独特的真实体验。

13

真相能杀人吗

好的一面是,真理作为事物的秘密出现在了我们面前。在困惑中,我们最终发现了完美。

——克拉丽丝·李斯佩克朵,巴西作家

据说，对一个患有严重疾病的病人说实话会让他提前死亡——这是我听过的最大的谎言之一，我总是听到这样的说法。我经常由于家属的无知而处于两难境地，他们恳求我不要告诉病人真相，因为他们盲目地相信真相会让他们的亲人抑郁以致提前死去。他们的行为就像孩子一样，因为害怕想象中的怪物而不敢打开橱柜，却没有注意到房子正在他们周围倒塌——橱柜也会随着房子一起倒塌。

致命的是疾病，而不是真相。当然，当病人得知自己病得很重的时候会有片刻的悲伤，但这种悲伤才是通向真正生活的唯一桥梁——没有幻想或虚假的治愈承诺。扼杀希望的不是发现自己是凡人，而是感到被抛弃，可以说"扼杀"这个词在这里是被误用的。我每天面临的最大挑战之一就是如何让家属相信病人有权了解自己的健康状况。

我曾在课堂上问学生，如果他们得了重病，有谁想知道真相，大多数人都举手了。所以我提醒他们：要把你的真实意愿告诉你的家人和朋友——因为当你生病时，你的孩子、你的朋友、你的父母，几乎你周围的所有人都会认为你无法经历你必须经历的事情。他们爱你，希望你免受痛苦，所以要求医生向你隐瞒真相。即使你已经很难受了，他们也会说你的身体没有任何问题，你的健康状况很好，你只是"感觉"身体有问题，其实并不严重。

但是身体不会说谎。身体会告诉你（有时是耳语，有时是呼喊）："我出问题了，出大问题了。"所以你会想："我怎么可能一点问题都没有？"当你到了那样的时刻，而你周围的人还没有准备好如何正确地陪伴你、支持你，那才是最大的问题。很多亲属为了不让病人担心，选择对病人说谎，却不知道实际上病人为了不让他们担心，也在说谎。

　　作为一种惯例，病人可以公开而清楚地向我谈论他们即将面临的死亡及其对待死亡的态度。我们会谈及他们疾病中非常敏感的方面，甚至谈及他们对葬礼的愿望。但是当这些病人和他们的家人（尤其是对他们的死亡准备不足的那些家人）交谈时，他们会假装愉快地谈论今后的生活——未来几年的旅行计划、晚餐和聚会。表面上看来是他们不愿意接受自己患病的现实，实际上是他们自认为不能谈论这个话题，因为他们怀疑亲属无法接受和应对。

　　当我给病人机会了解他们病情的严重性时，真相自会让他们有意识地利用剩下的时间，让他们在自己的生活和故事中扮演主角。对某人隐瞒真相，不一定对其有好处。你不能把他们从死亡中拯救出来，也无法将他们从那些艰难的时刻中解救出来，那时他们将不得不独自面对。就算你不想让一个人承受死前的恐惧和痛苦，你也无法阻止死亡的进程。相反，你会剥夺他们享受生命的最后机会。

14

思考死亡

死亡只是不被人看见。

死亡是道路上的一处转弯。

——费尔南多·佩索阿,葡萄牙诗人、作家

我听过的关于死亡的最好比喻之一是,"在你的一生中,有一天你会碰到一堵巨大的墙"。威廉·布莱巴特是一名医生兼精神病学家,他总是和病人一起探讨生命的意义。这个比喻是他在一次临终关怀大会的演讲中提出的。你可以通过把自己置身于墙前,获得对死亡的主观看法。你行走在人生的旅途中,时而悲伤,时而快乐。有时候生活是黑暗的,你不知道该走哪条路,但你永远知道你在路上。有时你会在路中间停下来,坐下来思考:"我很累了,我需要休息一下。"当你停下来的时候，你会回顾到目前为止你已经做了什么并展望你将要做的事情。然后，如果你愿意，你可以起身继续——道路就在前方。

当你濒临死亡时，你来到一堵墙前。我的一个好朋友莱昂纳多·康塞利姆曾说，他想象那堵墙很高很长，就像中国的长城一样。我喜欢这个形象——当我想到自己的死亡时，这就是我所联想到的。这堵墙你绕不过去，也翻不过去；当你来到这堵墙前，意识到自己即将死亡时，唯一能做的就是回头看。因此，当你目睹他人死亡时，这一点就非常清楚了：那个人正在回顾他走过的路，并且试图理解他做了什么才到达现在的位置，以及这段旅程是否值得。

指引你前进、让你做出正确选择的是，无论你做出什么选择，那堵墙都在等着你。路径并不重要，它们都通向同一个地方。所以，我们是不是好人没什么影响——我们都会死；你诚实与否没什么影响——你终究会死；是否爱过、是否被爱过，也没什么影响——你终会死去；不管你是否原谅，这对最终结果没有丝毫影响——你还是会死；"上帝"是否存在也并不重要——你终有一死。很多宗教人士可能会激烈地争论这最后一句话，但事实上，最后的时刻属于任何将死之人，而且只属于他们。死亡并不取决于你和你心中的"上帝"是什么关系，这可能是你一生中最糟糕的时刻，也可能是最好的时刻。有关"'上帝'是否存在"的讨论可能主要集中在死后会发生什么，但那时我们已经度过了我们认为最可怕的时刻。不变的是，在任何故事、任何道路、任何选择的结尾，不管你相信这个世界上有什么或者没有什么，生命中唯一没有选择的就是死亡。

不同的选择代表着不同的道路，它们之间的区别在于你在最后一刻是否能感受到平静。如果你的选择使你一生痛苦，那么在面对死亡的时候，你就无法感到平静。

在一个人弥留之际，我能为他做的最好的事情就是陪伴——此时此地，我在，只因他，只为他，心中满怀悲悯。

如果我"感受到"了另一个人的痛苦，那么我就不能"在场"，因为那将成为我的痛苦，那么我的注意力就在自己身上，而不是在别人身上。当我只是同情别人的痛苦时，我尊重那种痛苦，但我知道那不属于我。我可以在现场提供支持，给对方带来安慰。如果我有同情心，我可以提供或寻求帮助；但如果我感到痛苦，我就会手足无措——我不忍心目睹这种痛苦，因而不得不自救。看到别人痛苦是令人难过的，尤其是当你身边没有一个懂得提供适当护理的重要性的医生时。这些医生可能不具备解决这一严重问题的专业技能，或者可能不想使用这种技能，这是因为巴西在疼痛控制方面的医疗培训严重不足。

为了照顾好一个垂死的人，你首先要知道的是你能在多大程度上陪伴他们，你对自己的生活有多负责。对自己有多负责是衡量你是否有能力照顾好所爱的人的标准：当你不珍惜生命时，你身边的将死之人会第一个揭穿你。这是来自死亡的另一个启示：临死前，你会追寻自己在过去、现在和未来生命中的每一个选择的真相。你会明白每一刻的真正意义，然后放下所有的面具、幻想、恐惧、期望和压抑。而在你真正抵达死亡的那一刻，你成了一个名副其实的先知。

如果你想要一些关于生活的建议，去问一个垂死的人吧。当他们即将告别这个世界时，那种智慧的生命气息会出现在他们的意识中，用神圣的光芒照亮他们的思想，使他们拥有一种令人惊讶的清醒。以前碰到不明白的事他们会说"只有老天知道"，而现在他们却能参透很多人生奥义。当你面对死亡时，那些真相就会显露出来。如果有人撒谎，你会看穿的。如果你在一个将死之人的眼皮底下，记住：那个人能看到你身上所有的真相。

你可能是一名优秀的医生、护士、记者、律师、药剂师、垃圾收集员、厨师和清洁工，你可能真的擅长某种不需要接触他人的职业，在那里高度精通技术就足够了，没有人会注意到你其他方面的缺点。但在安宁疗护中，你的一举一动都会被你护理的病人看在眼里。如果你撒谎说一切都好，你会在病人的眼神里看到真相；如果你感觉自己没有能力陪伴某个病人，不用怀疑，这就是事实；如果你感觉自己一无是处，那你的确需要好好找找原因。你必须先掌控你自己的生活，才能更好地陪伴一个濒临死亡的人。

对我来说，没有什么比陪伴垂死的人更神圣的了，因为对于同一个人没有下一次陪伴。不管信不信宗教、信什么宗教，死亡对每个人都只有一次，没有彩排。你可能有一个、两个或三个孩子，你可能结过五次婚，有些事你可能做过无数次，但是死亡你只会经历一次，只有那一刻。为了做好安宁疗护，你必须拥有陪伴的能力，因此需要认真参加技能培训，有意识地进行感受自己身体的练习，还要通过情绪辅导和不断的实践找到内心的平静。如果你都不知道在哪里找到内心的平静，那你怎么能帮助别人找到平静呢？一张文凭并不能说明人生的意义，不要被证书迷惑。你为自己的生命赋予的意义是无法用简历来衡量的。如果你连自己生命的意义在哪里都不知道，就更不可能为别人的生活带来什么价值，在他们去世的时候，你的陪伴可能只会令人尴尬。

当你意识到你有能力活在当下时，转变就开始了。将死之人不应该觉得自己是负担或麻烦。你应该让他们知道，对陪伴在他们身边的人来说，他们是有价值的。所有人都值得被这样对待，所有人都应当感受到自己是有价值的、重要的和被爱的,即使是在生病或生命垂危的时候。对临终关怀人员来说,挑战在于如何将病人的感觉转化为正面力量,将疾病带来的失败感转化为勇敢面对有限生命的自豪感。如果临终之人觉得自己有价值,很重要,觉得能为自己的生活和照顾他们的人的生活带来积极的影响,那么他们就会珍惜这段时间。

许多人对临终关怀有误解:"我想成为一名志愿者,帮助人们死去。""我想进行安宁疗护来帮助人们死去。""我想研究死亡学来帮助人们死去。"但这些和临终关怀的初衷恰恰相反。仔细听着:如果你只是想帮助人们快速死去,去别的地方吧。卖烟、酒、毒品,分享暴力和悲伤,这些都是加速人们死去的罪魁祸首。

要如何关怀临终者,

帮助他们更好地活着,

直到死亡真正到来?

尽管许多人选择像死了一样地活着,

但这无可厚非，人人都有决定怎么活的权利。当轮到我的时候，我希望我的生命好好结束：那一天，我要活着。

15

行尸走肉

钢铁铸造的火车是一种机械,

它不分昼夜地跑啊跑……

它贯穿了我的一生,

就好像我的一生也如此匆匆。

——阿黛里亚·普拉多,巴西诗人

有时候，临终的病人还未完全咽气，周围的人就认为他已经死了。这很常见——但我们的社会存在着更大的问题，与身体疾病并没有什么关系。

许多人并没有真正活着，尽管他们的身体功能正常——这很可怕！那些埋葬了他们生活中的情感、家庭、社会和精神层面的人，不知道如何与他人相处的人，过不好自己人生的人，没有罪恶感和恐惧的人，因为害怕失望而宁愿不相信别人的人，对别人不信任、不奉献、不宽容、不祝福的人，都没有真正活着，都活得像行尸走肉一样。这些行尸走肉活跃在健身房、酒吧里,以及广告里其乐融融的家庭餐桌前,连续几个月浪费着他们的星期天,他们怨天尤人,通过酒精或抗抑郁药来麻痹自己,试图忘记自己无法感受快乐的悲哀——而这最终只会让痛苦持续得更久。

我在医院看到过这种情况,尤其是在就诊室、病房的咖啡室和更衣室。这些地方挤满了迷失自我的人,日复一日,他们在工作中找不到任何意义。在很多自称"为健康服务"的医院和机构中,最强烈的存在是活死人的气味。在写字楼和办公室里,有那么多颇具经济、管理头脑的人们,他们也同样因生活而贫乏,因死亡而富足。在人们没有机会意识到自己还活着的地方,死亡的特有气味更为浓郁;但在死亡确实存在的地方,生命力也在那里显现。

要想让一个病人恢复生机,难点在于无法否认他不久于人世的事实。因此,如果你想做好临终关怀的工作,或者陪伴所爱的人走完最后一程,首先要解决的是下面的难题:摆正自己的身份,弄清楚自己的目的,想好如何尽可能地减轻在这个过程中的痛苦。下一步是确定你有什么能力转变病人的悲观态度（认为自己是负担、累赘，充满恐惧和遗憾），让他认识到自己的价值。如果你对这一切感到茫然，那就多观察。在电影《加勒比海盗》中，有一句富有哲理的台词，或许对你有所启发："只有迷路的时候才能发现人迹罕至的地方，否则每个人都知道它在哪里了。"好好利用"迷路"的这段时间吧。和一个临终之人在一起意味着会有很多次机会感受那种茫然的感觉。不要逃避，恰恰是在这段时间里，你会在内心发现一条前所未有的路径，通往一个不可思议的地方——生命之境。

16

我们都会走到生命尽头
——那一天最难经历什么

各人顾各人,

因为在任何时候,

一切总是关于时间的。

——克拉丽丝·李斯佩克朵,巴西作家

当谈到有限性时,时间是一个反复出现的主题。没有更多的时间时,还会有时间快乐吗?当一个人生病,想让自己的时间不要过得太快,以便有足够的时间得到治疗,这时,时间不是以秒、分、小时而是以点滴或药丸的形式计算的。病人在一次次服药之间、医生的一次次查房之间,以及一次次检查之间感受时间的流逝,也在输液管中一滴一滴落下的液体中感受时间的流逝——六个小时、八个小时……时光如此无限延伸开去,无休无止。

作为一名医生，我很荣幸，因为我工作的地方分别代表两个极端：一个是在圣保罗的阿尔伯特·爱因斯坦以色列医院，那里的病人社会经济地位优越；另一个是在圣保罗大学医学院附属医院，我在那里接收的病人可能情况很危险，经常有街头流浪的人来找我治疗。这两者是这个城市的两个极端，但它们被一个现实联系在一起：可能濒临死亡的病人。我很清楚，一个人无论财富多少、学历高低、权位高低，也无论他是哪国公民，都有烦恼和痛苦。当你谈论痛苦时，激发它们的问题本质上是一样的。富人的儿子争夺父亲遗产时的愤怒，与穷人的儿子为了只有最低工资一半的养老金而与母亲争吵时的愤怒是一样的。尽管人与人之间有明显的社会差异，但都有着同样的痛苦，同样的孤独，同样的愤怒，同样的内疚，同样的对生活的热爱，同样的行为。

而这两组处于两个极端的病人的不同之处在于，即使他们在各自的世界里接受了所有可能的治疗，有钱人面对死亡时可能会更难接受。有钱让他们相信自己可以改变任何事情，他们想通过购买昂贵的药物、请昂贵的专家、住昂贵的医院来恢复健康。但是当死期来临时，世界上没有任何一种钱可以保护你免于死亡。那些在生活中享受了许多的人，在面对自己的死亡时，更容易心有不甘；而那些在生活中只有一个选择——生存——的人通常在到达终点时完全确信他们已经尽了最大努力。

在收容所，没有隐私，那是人们为孤独发明的时髦名词。那里的房间是双人间，死亡发生时，你就是室友死亡的见证者。这听起来有些病态，但你知道很快就会轮到你了——亲眼见到邻床去世的经历会让你意识到死亡之时可能是一个宁静的时刻。

在临终关怀病房接受安宁疗护的人有机会在最好的服务中离去。"离去"这个词常常用来比喻死亡。安宁疗护专家德里克·多伊尔在他的书《站台票》中讲述了一位医生为临终病人服务的真实故事。"站台票"这个比喻源自火车站，在那里，一些人上车，另一些人留在站台上帮助其他人上车——我们这些临终关怀服务人员就是留在站台上的人。我们帮助患者找到自己的位置，让他们感到舒适，我们帮他们装行李，并检查他们是否已经和所有相关人员道别。每个人都会登上这列车，但有些人上车的过程很糟糕。遗憾的是，人们通常将安宁疗护与安乐死联系在一起。

常常出现这种情况：当我被叫去评估一个晚期病人的身体状况时，他的亲属害怕我会尽快结束他的生命。我必须向所有相关人员——患者、患者家属甚至医疗团队，来解释安宁疗护的含义。如果这个人真的走到了生命的尽头，而当我在处方上写下病人"同意自然死亡"时，其他人的反应往往令我惊讶。护士会过来对我说："那么，医生，我们现在开始打镇静剂吗？"所以我的讲解必须从头再来，从一片混沌中开始。"婴儿是如何出生的？他们出生时一定要注射镇静剂吗？不用吧？那人死的时候也不需要注射镇静剂。生老病死，顺应自然。这很难理解吗？"是的，有时我不得不给他们画一幅画。有时家属比护理人员、营养师、语言治疗师、理疗师甚至医生更容易理解这一点。所以，非医疗领域的读者们，请原谅这些可怜的被称为医生的生物，因为我们在医学院没有学会谈论死亡。事实上，我们甚至没有学会谈论生活！我们的训练都只是关于疾病的。我们真的很擅长机械地谈论死亡——只谈论疾病。我们的词汇和推理能力极其有限。请给我们一点同情和耐心，因为在白大褂和几个编号背后，有一颗同样承受着巨大痛苦的心在跳动。

你开始上医学院时，可能会非常理想化而慷慨地打算拯救生命，但接下来的体验会告诉你，拯救远远不只是药物和手术。医学院试图教我们的是——好医生必须避免死亡。诚然，医生的工作应该是促进健康，但我们是在恐惧的基础上工作的。"按时体检！一周散步五次，早点睡觉，合理饮食，否则你会死的！"尽管我们都知道死亡早晚会来，但我们仍然应该劝告人们，如果你做了所有这些事情，你会生活得更好。

对医生和其他卫生技术人员来说，一个重大挑战就是明白病人死亡并不意味着失败，病人生活得不好才是失败。许多人的癌症被治愈了，但是他们活得不开心。为什么会这样？如果你不能让病人明白良好的健康是通往享受生活的桥梁，那么治愈和控制疾病又有什么意义呢？医生对病人最重要的工作是不要抛弃他们。

17

人类苦难的精神层面

当你触摸某人的身体时,不要仅仅觉得你是在触摸一个躯体——我的意思是,不要忘记,你也在触摸一个"存在"的所有记忆。

更深刻的是,当你触摸一个身体时,请记住你触摸的是一种气息,这种气息中充斥着一个人所有的烦恼和困难,也是宇宙的宏大气息。所以,当你触摸一个身体时,记住你触摸的是一座庙宇。

——让-伊夫·勒鲁,法国心理医生

我在安宁疗护的日常工作中经常会遇到，临终者和他们的亲属发现自己面临着非常深刻的关于人类生存和精神的问题。要谈论人类精神，你首先必须进行一次关于放下的练习，你必须放弃你认为自己在这方面了解的一切。这就好像你正坐在一本颠倒放置的圣书前，让大脑做出必要的调整，以便能倒着读——因为这本书已无法摆正。

在 2010 年的人口普查中，92% 的巴西人声称自己信仰某种宗教。那些说自己不信教的人不一定不信神，只有0.02%的人宣称自己完全没有宗教信仰，这些人可能是真正的无神论者。大多数人相信神的存在并信奉某种宗教，事实上，许多人还信仰不止一种宗教。在这种情况下，巴西人经常被批评不忠于一个标志性的神，不管他是天主教徒、新五旬节派教徒还是招魂术者。然而，这种"普世"行为的真相是，巴西人是一个热衷于寻求安全和保障的民族，他们想寻求一种能保护和支持他们并为他们铺平前进道路的更伟大的存在。我们构成了一种文化的一部分，这种文化认为，通过某些宗教行为的优势，一切都可以好起来。

大多数人逐渐意识到宗教信仰的重要性，意识到死亡就在身边，要么是因为他们病得很重，要么是因为某个亲戚病得很重，然后他们发现了与"上帝"建立关系的可能性。自从我开始从事安宁疗护工作，我已经照顾了数百人，也包括信奉各种宗教的人和不信奉任何宗教的人。这数百个故事都是独一无二的，但不变的是人性。

在我所有的病人中——直到我在临终关怀病房工作之前，在不到四年的时间里，我照顾了六百多名病人。其中，无神论者在死亡的过程中是最平静的，这些人是原始的无神论者，没有改变信仰。而精神痛苦最严重的是"皈依的无神论者"。这里的"皈依的无神论者"是指曾经信仰"上帝"的人，他们甚至实践了一种宗教，然后在某个时候认为"上帝"行为不端、失去了所有层面的可信度。于是这些对"上帝"失望的人决定什么都不相信，转而信仰无神论。

那些原始的无神论者通常出生在无神论者家庭，或者从未有过信仰，从孩提时代起就是如此。尽管如此，他们有高于平均水平的"灵性"。他们为自己、他人和自然做好事，他们带着如此大的敬意去做好事，以至于其身边的人不可能不被他们人性的品质折服。由于他们不相信"上帝"，因此他们选择尽自己的一份力量来拯救自己的生命和他们所居住的星球的生命。

任何宗教都无法阻止死亡。但当我向怀有敌意的宗教听众谈论"灵性"时，他们的愤慨是显而易见的："那是什么？不相信'上帝'的人怎么可能安详地死去？"在临终关怀病房，我曾目睹虔诚的宗教人士的死亡过程，他们也非常平静地离开了人世。这使我明白了很多事情——宗教既可以让人患上一种严重的甚至是反常的共病,也可以是一种深刻而有效的治疗工具。

发表于2011年的一篇神经科学论文引起了我的注意,该论文描述了大脑中一个被标记为"上帝思维"的区域,原标题为《你的灵魂值多少钱?》。该研究使用功能性磁共振成像(fMRI,一种显示神经元对某些内部和外部刺激的反应的神经影像学方式)评估了大脑。这项研究首先在被试者接收被认为是神圣的想法或思想时对其进行评估,然后记录大脑的哪个区域对这个短语的刺激做出了反应;在研究的第二阶段,研究人员给被试者提供金钱并要求他们改变观点。

第一阶段基本上确定了大脑的两个重要区域,一个与成本效益评估有关,另一个与道义上的对错价值观有关。当一个神圣的想法照亮了大脑的是非判断区域时,与这个想法刺激了成本效益区域相比,让个体接受金钱的诱惑而改变观点的可能性更低。也就是说,如果个人认为神圣的东西(例如,一个孩子的生命)是一种利益,那么它可以与相应的成本抗衡,然后他会根据利害关系做出选择,甚至可能认为"上帝"也不值得付出这种成本（如果他原本信仰"上帝"的话）。

这个被标为"上帝思维"的大脑区域在这个人被刺激谈论"上帝"时会变得活跃。比如，当你说"上帝"会惩罚那些不服从他的人时，意思是如果你是"上帝"，你会惩罚他们。对人们背诵的神的"话语"必须非常小心地对待，因为它们更多的是关于谁说的，而不是关于神。对神圣事物的真实反应是不能改变的，即使"上帝"不服从。

该论文还讨论了神圣的价值观是如何随着持有人认为他人对它们的看法而改变的。那么我会觉得，做好事是因为它很受他人的欢迎，这是自称为宗教人士的普遍做法。他们喜欢展示自己的慈善和慷慨，喜欢被人称赞他们"善良"。这种行为属于"成本—收益"范畴，而收益是社会普遍最为关注的。

也有一些人做好事是出于对自己有利，也可以说，在另一种生活中获得的利益促使人们想做好事。这种态度也会权衡利弊。这并不是出于神圣的信仰，因为这是生意。神圣是指即使这样做你不会得到任何好处，甚至会付出代价，你依然会这样去做、去相信。正直是衡量你所信仰和表达的事物的标准。那些心口不一、言行不一的人是自我割裂的。

一个人的正直取决于他的想法，以及他的言行是否一致。如果你朝这个方向努力，即使还没有完全做到，你的自我也是完整的。我认为"灵性"是一个轴心，它使我相对于自己、相对于我的生活、相对于他人、相对于社会、相对于宇宙、相对于自然和相对于"上帝"而运动。宗教的戏剧性在于个人与他人和"上帝"的关系。判断和谴责给这个轴心增加了有害情绪，阻碍了更大利益的自然流动。

谈到宗教，人们总是在寻求真理。由于安宁疗护工作的性质，我研究了许多宗教，并逐渐了解到有些宗教信神，有些不信。佛教徒和耆那教徒不信神，他们相信天道，相信轮回，但不相信存在一个天才的造物主计划了一切，并将宇宙的设计付诸实施。在寻找真理的过程中，你会发现许多人认为自己体验到了宗教和"上帝"的关系，因为，一旦你相信"上帝"确实存在，那么下一步就是与他建立关系。对于"与'上帝'的关系"这一伟大努力，每一种宗教都有自己的神秘之处，有标准、行为规则、惯例等来管理一群被认为是"特别的"和被称为"被选择的"信徒。人们有一种奇怪的习惯，喜欢视自己与众不同、比其他人优越（如果可能的话），而宗教培养了这种被选择、被偏爱、被应得、被赞许地与他们不认同的其他人区分开来的感觉。

在这个比其他人更高的位置上，人们会对信使带来的知识产生一种痴迷。强迫性阅读、没完没了的课程、启蒙过程和痛苦的静修，越来越多地导致一种对真正神圣的东西视而不见的状态。那些最致力于宗教知识的获取、宗教的"认知扩张"的人，在他们的群体中获得了高级职位，并开始视自己为使者或牧师。从"精神上"来说，是他们自己把自己树立为他人与"上帝"对话的中介。人们认为自己的理解力有限，所以总是在寻找他们希望是终极目标的那个真理——给我解释一下真相？

问题是，真理不是一个概念，而是一种体验。只有当你超越自己，当你"体验"真理时，你才能接触到"精神"真理。说"我信'上帝'"一点意义都没有！

一个体验到"上帝"存在的真理的人会说:"我知道'上帝'存在。"和实际推理一样,我不需要说"我相信太阳每天都升起",因为我"知道"太阳每天都会升起,我对此毫不怀疑。

了解"灵性"真相的人体验着超越的经历,不需要证明什么,不需要说服任何人——也不可能解释。当有人怀疑他们时,这样的人不会觉得自己受到了攻击。当你从概念真理的角度讨论宗教时,争论是有意义的,因为你在讨论规则、标准、政策、行为、优势和劣势、成本和收益。

在这里,我们继续讨论与"上帝"的第二种关系——权力关系,人们告诉"上帝"该做什么。他们想说服他改变主意。他们奉承、谈判、做出牺牲,就好像"上帝"是某种荒谬的虐待狂,希望人们跪着、流着血跋涉数英里才能获得幸福。当"上帝"没有按他们的预期行事时,一种被背叛、被遗弃、被惩罚的感觉就会油然而生。那些与"上帝"协商恩惠的人的祈祷,言外之意是"看,我得了癌症,但如果我被治愈了那就太好了。我认为如果你照我说的去做,你就真的做对了。我的家人和朋友会很喜欢的。我答应印一些传单在街上散发，告诉每个人你做了什么。所以，请你实现我的愿望，如果你发挥了你的作用，你会看到有多少人会相信你！听着，这只是个建议，因为你知道我会照你说的做"。他们不断进行着这种愚蠢的谈话。

有时人们认为"上帝"是聋的、痴呆的。有些人大喊大叫，疯狂地重复同样的祈祷数百次。当你这样想的时候，你大脑中被称为"'上帝'思维"的那个区域会活跃起来。它会变大还是变小，取决于你缺乏批判能力的程度。如果你不是非常挑剔，你最终会进入"远远超出你的薪酬等级"的决策过程。

在信仰问题上，不同的宗教有不同的说法。信仰不同于相信，我从一个非常聪明的病人那里了解到了这一点。这个病人在和他的家庭发生了灾难性的矛盾后，流落街头。他与朋友的关系比与家人的关系更好。我问他："弗朗西斯科，你相信'上帝'吗？"他的回答是："不，我不相信'上帝'。我信仰'上帝'。"我的脸上露出"再说一遍？"的表情。他问我："你明白了吗？""不，完全没明白……"于是他向我解释道："你可以相信任何事情。我相信恶魔，我相信女巫，但我只信仰'上帝'。"

那一刻对我来说是顿悟。你可以相信什么？你可以相信任何事，但信仰需要臣服。如果你信仰"上帝"，相信无论发生什么，他都会尽力为你好，你就会确信一切都是最好的安排。不管发生的是疾病、痛苦、死亡还是治愈，那都是最好的。当你相信"上帝"会治愈你的时候，你就会确信这个过程的最好结果就是你被治愈。当你有了信仰，你把自己放在被照顾、被保护的位置上，你就把自己交给了"上帝"——一个适合你的"上帝"，他会引导你走向你的命运，走向必须经历的事情，走向"你的意志会实现"的真正含义。

当你把这个信仰的过程看作投降时，你会发现有宗教信仰的人非常少。精神体验是第一手的真理，而不是概念上的真理——无论你是否信奉宗教，你都可以获得超越的体验。对我来说，超越是一种强烈的归属感，是与任何唤醒我这种感觉的东西成为"一"。那个海洋、那个日落、那个你爱的人的拥抱，只有你在那里，你属于那个时刻，你是那个海洋、那个光、那个天空、那个微风的一部分，才会完整。不再有"过去的我"，也不再有"未来的我"；我就在那个时刻，在那个当下的瞬间。当我们脱离那种感觉时，我们就变了，真的变了。

生命的终结是一种具有巨大超越力量的体验。

超越的体验永远是神圣的。这就像体验海水一样——在地球上的任何地方，海水都是咸的。无论何时你经历超越，它将永远是神圣的，永远是。如果有可能在一个超越的时刻进入一个功能性磁共振成像机器，你可以肯定：你大脑中被照亮的区域将与你所认为的神圣、有价值、美好和真实相对应。

我不知道这样说是否正确——你应该质疑你认为神圣的东西、你认为是"上帝"的东西。问自己"上帝"是什么是非常危险的，但当你面对——你自己或你非常爱的人的死亡时，你就会这样发问。因此，为信心的最终评估做好准备是值得的。当你到了生命的最后时刻，并且承认你的使命已经结束时，你的信仰是怎样的？苦难可以使你发生转变。这可能是你感知到一个全新的"上帝"的时刻。如果你认为我们每个人内心都有一个由"上帝"统领的王国，那么我们每个人都有一个完全独特的、个人的神性版本。当你认为你知道神圣的一切，而你发现自己面对一个将死之人时，住在你内心的"上帝"就会向你展示你内心真正神圣的东西。

然而，最危险的是，当你认为自己对宗教最了解时，结果，因为你的宗教观，你中断了与病人的关系——这是一场灾难。如果所有安宁疗护人员都是简单的终身无神论者，那会好得多，因为纯粹的无神论者至少对其他人的信仰有一种人类学层面的好奇心。真正的无神论者还在摇篮里时就不是信徒，而是热爱和平的灵魂，尊重所有其他人的意见和信仰。他们很好奇，但他们不做判断。而皈依的无神论者并非如此，他们是原教旨主义者，就像任何宗教人士一样，他们发动战争来证明"上帝"不存在。因此，我把通过皈依获得的无神论也视为一种宗教，一种努力证明"上帝"不存在的宗教。

想让病人皈依他们自己的宗教的医务人员会很危

险。当他们确信病人因为没有选择他们认为正确的道路而遭受痛苦时,他们就已经宣布自己无法理解病人所选择的道路的伟大之处。总有人认为一个病人快死了是因为他心里还没有接受耶稣,当他们这样想或这样说的时候,他们其实也在宣告,耶稣也没有进入他们的心里,因为如果他进入了,他们就不会对一个即将死亡的人那样说那样的话——想想耶稣、佛陀,还有任何一位古鲁或精神领袖吧,他们也迎来了自己的死亡。

愿意接受并试图引出他人的理解是"灵性"照护面临的最大挑战。这就是为什么我说,为了照顾一个垂死的人,你必须抛弃你原有的知识和偏见。

没有哪一条路是每个人都必须走的,因为你遇到的每个人都有一种新的生活模式,都是一个新的宇宙。这个宇宙是如此巨大,同时又是如此独特和复杂,以至于它暴露了你的渺小。当你帮助那些与病人亲近的人,尤其是他们的亲属,看到死亡的过程是多么宏大时,一切都会变得更加清晰,进展也会更顺利。平静地臣服于这条流向大海的河流是可能的,没有怀疑,没有匆忙，没有逆流而上，那就是你自己，你和那个要离开的人同步。在那种真正的人类互动中，宗教本质上是一条奇妙的道路，与你内心神圣的东西相连。也许"上帝"不在别人身上，也不在你身上；也许我们都"在""上帝"之中。

随着时间的推移，在照顾了这么多不可思议的人之后，我开始意识到，让这个"灵性"之轮在我们每个人内心转动的是我们用心生活的爱与真理——是你感受、思考、说话和生活时的爱和真理。不管你的宗教信仰是什么，不管你是否相信"上帝"，只要你的精神是基于爱与真理而活，而不仅仅是作为概念存在，那么不管你选择什么样的道路，生活都会好起来的，肯定会。

18

后悔与遗憾

我们暂停我们的怀疑。

我们并不是孤身一人。

——尼尔·帕特,加拿大音乐人、世界知名摇滚乐队鼓手大限将至，最痛苦的是回顾过去。死亡的临近让你开始有意识地审视自己的生活并重新思考自己的选择。你可能会想："我走的路对吗？如果我当初回头，会不会更富有，死亡会不会来得慢一点？"

此时你问自己的第一个问题可能是："是不是本来可以不死的？"各种想法开始浮现在你的脑海里，比如："要是我不抽烟，我就不会得肺癌了""要不是我酒后驾车，我现在就不会在这里了""如果我的生活方式更健康，我就不会患有冠状动脉堵塞了""如果我没有出生在这样的家庭，我就不会得这个病"……若你还有时间，你可以做一个新的选择，因为这一回首过去除了带来后悔，还给了你一个机会，让你走上你现在认为正确的道路。然而，一旦时间耗尽，悔恨就变成了自暴自弃——"我做错了，这是咎由自取。"但你可能忘了，在你做出那个（你现在认为是错误的）选择的当下，你甚至没有意识到你正在误入歧途。

澳大利亚护士邦妮·韦尔在她的书《临终前最后悔的五件事》中，讲述了她与晚期病人的经历。在一次家访中，她开始意识到，在她与濒临死亡的人的谈话中，后悔是一个反复出现的主题。邦妮描述了临终者一般会表达的五大遗憾。日复一日，我在我的病人身上也看到了同样的情况，几乎与她的描述完全吻合。

这些遗憾中的第一个是："我希望我有勇气过上忠于自己的生活，而不是别人期望我过的生活。"许多人都会有这样的遗憾，随着死亡的临近，他们对虚度的一生进行权衡，想收回他们奉献给别人的时间——他们花在自认为是为了别人好的事情上的时间。没有人要求这些，人们这样做是因为他们想这样做，出于可以想象的最高尚或最自私的原因。

当你做一些事情来取悦别人时,你几乎总是相信你是在为他们的幸福做贡献。然而,这种想法的背后是你希望通过这些选择证明你在那个人生命中的重要性。但是如果你仔细想想,你会发现,利用你的时间让自己在另一个人的生活中变得重要是得不偿失的。如果你能先做你自己,又因此而被爱,那么这就是幸福,这就是充实;反过来,如果为了被爱,你必须把自己变成别人,那就有问题了。我几乎可以肯定,你会后悔,你不可能为了别人伪装一辈子,这是一条非常危险的道路。

回到你陪伴某人走向死亡的情况,最基本的是要理解这个人的死亡并不是为了让你觉得自己有用,这不是目的,他们的存在不是为了让你确信你对某件事有好处。陪伴一个垂死的人比你的整个存在更重要,这样的想法是不对的,你的存在就是为了让你存在,就像呼吸一样简单。在你的一生中,你可能选择了你认为的"第三方"受益人,把你理解中的幸福提供给那些事实上从未要求被选中的人。如果你做好了决定,比如"我要努力,因为我要给孩子最好的""我不打算吃饭,不打算睡觉,我要从早到晚地工作,供孩子读昂贵的学校,这样他们就可以成为医生、工程师、律师",而你的孩子却想成为一名艺术家,或者想去旅行和看世界,那么你就没有重视孩子的决定,甚至可能不相信他们有足够的洞察力和能力去做这些决定。你不与他们交谈,也不去寻找你们都可以实现自由选择的解决办法。当他们做出与你的想象不同的决定时,你的沮丧表现出来就成了愤怒:"你为什么要这样对我?我为你牺牲了这么多,你却是一个'白眼狼'!"

我曾经照顾过一个患有晚期阿尔茨海默病的女人,她已经卧床二十多年,平日里依靠女儿的照顾。女儿尖叫着说:"妈妈不能死!我为她献出了生命!在我二十岁时,我都要结婚了,请柬已经发出,教堂已经布置妥当,一切都准备好了,她却对我说'你不会抛弃我的,对吗?我现在又老又病。"所以女儿放弃了一切,取消了婚礼,停止了学习——所有这一切都是为了照顾她的母亲。三十五年过去了,那个女儿问自己,在她为母亲放弃了自己生命中最好的时光之后,她的母亲怎么能死去。有什么权利去死？她在绝望中恳求我："治疗她，给她吗啡，她不能死！给她插管，尽一切努力，她必须活下去。我的生活全在这上面了。"

这是一个充满戏剧性的故事，也是一个令人极度痛心的故事。当初母亲要求女儿放弃自己的生活，女儿想用其他方式照顾她却不知道该怎么表达，只好选择妥协，后来女儿又后悔，但是太晚了，一切都变成了哀叹——那时已经没有回头路了。

我们不都遇到过类似的情况吗——即使没有这个故事这样戏剧化，我们不都经历过或者看到过，为了满足别人对我们的期望而没能过好自己的生活吗？事实是，你已经记不清有多少次你做出了取悦他人的决定，最终，你将不得不权衡这些选择。

我们经常听到大众对医院和老年人诊所的严厉批评，说它们"抛弃"临终病人。事实上，不要对病人在医院的孤独感妄下结论。许多人认为，一个人因为得了癌症或超过六十岁，就突然成了值得全家人崇拜和爱戴的圣人。然而，实际生活并非如此。你的人际关系质量是你自己培养的，你如何培养它将决定你在生命结束时是会享受到好的陪伴，还是孑然一身。每一次抛弃背后的真实故事是什么？医院里的那个人是谁？我们每个人在医院里会是谁？你会成为一口无底的井，不停地付出，却从来没有得到任何回报吗？如果你的生命历程就像一口空井，你在死亡门口的体验将依然如此。在经历了如此漫长、艰难的旅程后，以如此残酷的方式旅行，重建关系并留下有意义的记忆将会非常困难。

最后，你也许能和临终关怀人员建立关系。许多人在临终关怀人员的爱中安详离世。对躺在病床上的人来说，这是很常见的：那些被认为一生都很难相处的人，最终与我们这些安宁疗护专业人士和护理人员建立了非常美好的联系。

尽管如此，若一个人在弥留之际意识到自己做出了让其他人快乐的决定——这些人从未要求过他做这样的决定——或者更糟糕的是，他们对这些决定不满意，那么他就会感到后悔，这种痛苦难以用语言表达，无论给多少吗啡都无法减轻。

19

直率的感情

我容易受到伤害的地方,是我的胳膊下面,肋骨之间的空洞。

它是如何到达我的心脏的?是沿着那条倾斜的小路。

我把爱与灰烬和红色坚果放在一起,碾碎。

我敲打它,我浸泡它,

我把它做成糊状,

把它铺在伤口上。

——阿黛里亚·普拉多,巴西诗人

邦妮·韦尔护士在她的书中谈到的第二个遗憾，与表达情感有关——我在日常实践中会经常看到。邦妮特别提到了"爱"，但我将与这一遗憾相关的情感扩展到一般的情感，甚至是"坏"的情感。

我们从小就被教育要控制自己表达情感的方式。为此，我们使用面具和伪装。为了被接受、被倾听和被理解，我们学会了怎样隐藏自己的大部分感受。我们开始相信隐藏感情可以保护自己。在生命的历程中，和别人一起生活，你会感受到很多痛苦。这就是为什么你会制订策略来保护自己免受下一次伤害，"我做了那件事并受到了伤害"和"我不希望它再次发生"是我们都有过的反复出现的想法。

愚蠢的是，我们表现得好像每个经过我们身边的人都是第一个伤害我们的人的"克隆版本"。有些人认为每个人都一样，甚至整个世界都是被收买来伤害自己的。不是这样的。即使是我们的敌人，他们也不会献身于这项任务。我们都想要快乐。即使是那些伤害我们的人，他们也和我们一样想要幸福地生活，想获得成就感。这可能是佛教哲学教给我的最令人释怀的道理：每个人都渴望幸福，最坏和最好的人类都和我有同样的渴望。我明白了，世界上没有人生来就是为了让我不开心的。

当你害怕暴露自己的情绪时，你不会说出你的真实感受，你就只能戴着面具。在一生中，你搜集着各种面具，然后使用那些最适合你的风格的。如果你想被别人接受，你就用体贴的"好人"面具：你总是乐于助人，每个人都可以依靠你，你也被大家爱着。

然后你摘下面具，这就是所有人都看清楚你的时候。你的身体和灵魂都袒露在众人面前。如果你原来只是为了取悦他人而假装善良，那么现在你要明白如果你不想面对生命终结时的孤独，你必须真正变得善良。真相总会以这样或那样的方式在你所拥有的关系中显露出来，即使你自己没有意识到你在说谎，总有人最终能察觉到。当这种情况发生时，你只能孑然一身。在医院里有很多这样的故事，那些帮助了很多人的人，临终时却发现自己是孤零零的一个人。但是他们帮助别人只有一个目的——让自己感到安心，他们并没有和他人建立良好的关系。

对情感安全的需求是一个黑洞。你可以在那里找到一切，除了真爱。你使用良好关系的面具，最终，你会发现事实与你的选择是相反的。作为一种防御策略，不表露情感会导致后悔，因为你将生活中那些十分强烈的内心体验和感受完全禁锢了起来，而它们只有通过分享才能对你起到积极作用。

一个人的内心世界并不具备自行使他改变的潜力，真正有这种潜力的是与他人的真实接触，因为你也许会从他人那里获得打开你内心某些紧闭大门的钥匙，这些大门守护着关于你自己的重大启示和秘密。我可能掌握着打开你心扉的钥匙，我也可能掌握着打开你愤怒之门的钥匙——当你看到我的时候，你能想到的就是我有多不堪。那样的话，见我就没意思了，因为你会生气。

同样的，有些人会打开你内心那满是爱、和平与快乐的房间。所有这些情绪是早已存在于你的心里的，不是由我赋予你的。许多作家、思想家都这样说过，但最不可思议的是，直到它发生在你的眼前时，你才明白。我可以让你展现出一些你可能还不知道自己拥有的东西，因为我有钥匙——我或者其他人，你之外的人，我们之外的人。

当我的病人面临死亡时，我非常清楚这一点。我们所有人都有通过死亡而觉知的本能。如果我设法打开正确的门，每个人的发现都会和我的发现一样。带来改变的是情感的表达，如果你是促成改变的关键，你的生活会感到充实——不管这些情感是好是坏。在最后时刻才对你的感觉做出价值判断，对自己说"感觉很好"或"感觉这样不好"可能非常危险。"我应该希望我的母亲去死吗?!""我能对我的父亲感到仇恨吗?!""我要这个人,这个我应该深爱的人,去死!"这些情绪是自发的、不受控制的,而你往往试图通过思想的力量,有意识地选择和决定它们是好是坏,以及你是否应该允许自己感受它们。我们往往认为表现出好的情绪就是正当的、好的和令人愉快的,而表现出坏的情绪就是不正当的、不好的、令人不快的。然而,改变通常是经由不好的情绪才真正发生。我们并不总是能引起别人的注意,也不总是能找到温和的途径来解决问题。我并不是说痛苦是唯一可能的方式,但是它带来改变的能力是毋庸置疑的。

人类的内心戏都非常相似,比如"我对这里的大多数人都感到生气,但没人知道",或者"我真的很生你的气,但我不会告诉你",还有"我不想谈这件事,因为我做不到,我不擅长解决冲突"。当你不表露情感时,它会在你心里累积,等待一次火山式的大爆发。因为情绪能量不会凭空蒸发,尤其是当这种感觉产生于亲密关系时。如果你试图控制不良情绪,想在自己的内部将其消化掉，你的内心就会产生情绪垃圾，而我们常常意识不到这一点。最有效的治疗方法是诚实地表达你的感受。

我们还必须明白，有敌人并不全是坏事。有时正是他们让你找到了克服障碍的力量和勇气。你的朋友爱你本来的样子。你相信你把最好的一面展现给了你的朋友，但往往是你的敌人让你做到最好。你想变得更快乐、更成功、更强壮，什么都想要。面对你的敌人，你必须表现出难以置信的力量。在冲突中，你会产生和他难以相处的感觉或认为他会伤害你，这些对抗可以成为使你发生改变的巨大源泉，推动你去发现你内在的力量——我说的不是复仇，而是控制自己内心力量的能力。

即使你表现出难以处理的情绪，你也给了对方改变的机会。好就好在，通过这样的行为，你也给了自己改变的机会。当你感到痛苦时，你可以治愈埋藏在伤痛中的灵魂。活下来的一方会带着伤疤；但放着伤口不管则死得很惨。你将走到路的尽头，面对那最后一堵墙，后悔没有对最亲近的人——母亲、儿子、妻子,表达爱意。你错过了表达真实感受的机会,直到生命的尽头才追悔莫及。然而,如果还有时间来表达这种爱,如果你这样做了……啊,那是多么美好的经历啊!

20

为生活而工作，
为工作而生活

工作是眼能看见的爱。

倘若你不是欢乐地却厌恶地工作,

那还不如撇下工作,

坐在大殿的门边,

去乞求那些欢乐地工作的人的周济。[1]

——纪伯伦,黎巴嫩裔美国诗人、作家、画家

---

[1] 本段译文摘自 2018 年中译出版社出版的《纪伯伦散文诗选:英汉对照》,译者为冰心。

第三个遗憾是，我们把太多时间和精力投入在工作上了。

如果你的工作能让世界变得更好，即使只是一点点、只为少数人，如果你带着真正的改变能量投入工作，并找到满足感，那么你选择的道路就是有意义的，尽管它需要大量的时间和精力。

每个人都认为人的一生总要有所收获，对有些人来说，收获就意味着拥有。他们疯狂地工作，去拥有、去积累，他们积累的不仅仅是物质，还有伤害、问题和危机。然而，真正的遗憾来自为了在工作中生存而佩戴面具。当工作中的你和生活中的你不一致时，你就陷入了困境。你看着工作的自己，觉得很陌生，但你找到了一个理由："在那里工作的那个人是另一个存在，在那里执行那个功能；我本人不是那样的。"你离得很远，不是那个穿着那件夹克、那套西装，打着那条领带，脚蹬那双鞋子的人。

如果你只知道如何通过穿鞋来做你自己，那就赶快脚踏实地吧，否则就太晚了，你就再也分不清脚底和鞋底了。

感到不快乐的，不仅仅是那些西装革履、衣着光鲜的上班族，或者穿工装的工人、穿白大褂的医生，在如今这样一个娱乐至上的世界里，许多从事艺术工作的人也同样不快乐。你觉得别人的工作如何如何，但事实是我们每个人都最清楚自己的负担有多重。有些人认为别人过得比自己好，但事实并非总是如此。当你接受一份违背自己本心的工作时，你会觉得在浪费时间，尤其是当你更想坚守本心时。

当一个工作狂也是有风险的，尤其是那些只在工作时才有成就感的人。这样的人容易职场得意,生活失意。对他们来说,退休就等于死亡。他们在工作环境中扮演角色,要比在生活中扮演流畅得多。

这在医护人员中经常发生。通常他们在个人生活中非常不快乐,这是因为他们的工作领域——医疗领域的独特性。尽管他们不折不扣地遵循这样一个普遍的建议,即你希望别人如何对你,你就应该如何对别人,但他们对刻意的关心、付出和帮助有些不知所措,甚至反感。他们可以帮助其他人,自己却不愿接受帮助,这是一个非常糟糕的习惯。

在那个圈子里,你总是会听到这样的话:"在我工作的地方,有一个母亲,她的孩子快死了。我怎么能抱怨我的生活呢?她的生活比我的差多了。"以治病救人、关怀照顾病人为己任的医护人员,或者不求回报的志愿者,也仅仅是为病人提供服务,而不是真正和病人结识,他们和病人之间很难建立真正的关系。他们出现在病人的生活中,却戴着白衣天使的面具——他们所做的只是给予,而不允许自己接受。结果,他们失去了与他们照顾的人真正相识的机会,一天下来,他们筋疲力尽。而当医护人员真正投入他们的工作，并敞开心扉接受共同学习和改变的可能性时，一天结束后，他们会发现自己焕然一新。

我早上六点出门，几乎总是在晚上十一点后到家。有时候，我结束了一天的繁忙工作后，常常仍然精神饱满、身心完整。当然，我也会感到身体疲惫，就像必须穿越圣保罗的人一样（圣保罗交通堵塞时段暴力事件频发，必须高度警觉），但我永远不会厌倦对病人的关怀，我总想为他人做点什么，并永远保持坦诚，愿意做出改变。当然，我有时候也不想敞开心扉，一般都是因为我有个人问题要处理，但我会第一个意识到这些迹象并结束我的日程。如果我不能全心全意地帮助别人，如果我需要时间与自己建立连接，那么我会平静地接受这个决定。我做治疗，练习冥想，品味艺术和诗歌……任何能将我与我的本质联系起来的活动都会教导我，并纠正我的认识：即使我没有用力推动，世界也在继续转动。而对那些认为事情只有在他们的控制下才能解决的看护者来说，这是一个挑战。当死亡临近时，这些人会觉得生活欠了他们一笔债。

工作是贯穿整个死亡危机的一个问题，但这是为什么呢？你一生中有多少时间花在工作上？我们大多数人每天至少花八个小时工作，也就是说，一生中花在工作上的时间大约是我们整个生命的三分之一，更不用说花在试图提高我们工作表现和成绩的活动上的时间有多长了。你练习冥想是为了提高注意力，进行体育锻炼是为了感觉更好，而这一切都是为了更好地工作。尽管这可能是一条正确的道路，但人们也许会出于错误的原因而选择这条道路。

为了在生活中获得快乐而做好事，这与为了在工作中得到提升而做好事是不同的。如果你选择自我保健不是为了享受按摩的乐趣，而是为了不让背痛影响第二天的工作，那么也许你的初衷有问题。只为工作而活的人通常会后悔，尤其是当以恐惧为驱动力时，恐惧是人类的癌症——害怕没有钱，害怕孩子没有好学校，害怕全家没有地方住。这些人躲在"我必须工作"的惯用借口后面，然后他们勇往直前，相信自己在帮助一个从未要求帮助的人。而当墙在他们面前竖起时，他们会怎么做呢？

我想象在我临终时的那堵墙上安装一面镜子，在那里我必须看着自己的眼睛，问自己："你是怎么来到这里的？"我必须向自己解释我选择的道路。我不必向我的儿子、我的父母或我的朋友解释，也不需要向只会找我麻烦的老板和同事解释。最终我会和自己独处，没有中介。我必须亲自理解我的死亡，因为它是我的。那堵象征死亡的墙不是我儿子的，不是我丈夫的，也不是我父亲的、我母亲的、我老板的——这条路是我自己的。

这个道理运用于工作也是一样的。这种想法可以在你生病之前，在你真正走向死亡之前，改变你的生活。改变你的生活并不需要很长时间。当然，工作的问题也涉及钱——你从工作中获得的一切都与你投入的精力相对应。

几年前，一个在大医院工作的护士朋友升职到了领导岗位。我发现唯一能对她说的话是："小心应对即将到来的工作和生活。"我知道她善良、真诚，所以同情她——毕竟，我知道，尽管她的银行账户余额会增加，但她未来的工作和生活会面临更多的悲伤和问题。

她可能不得不把薪水花在治疗或药物上，甚至更严重的是，花在她几年后不得不接受的化疗上。来自对你的生活毫无意义的工作的能量是坏能量。有了额外的钱，你可能会发现食物坏得更快了，车子总是需要修；你还会办了健身卡却没有时间去，买了衣服却没有适合的场合穿，报了课程却忘了学……当你审视你的生活，意识到你已经把它花在了买那些不能让你生活得更好的东西上时，也许花掉的那些钱的来源有问题。如果你赚了一大笔钱，买了一辆车，回到家时却看起来像个僵尸，那就有问题了。

21

选择性亲和力

谁是你的朋友?

另一个自我。

——芝诺,古希腊数学家、哲学家

邦妮·韦尔描述的第四个遗憾与花更多时间和朋友在一起有关。

以脸书（Facebook）为代表的社交媒体平台被发明了，其意义在于能让人们产生"身处朋友之中"的感觉。我是那种看到脸书页面就会感觉到朋友之间的亲密的人。对我来说，它是一个很好用的工具，我可以随时随地与远方的朋友分享一切我愿意分享的。我非常爱一些朋友，但是我的生活不允许我时刻和他们在一起。我在脸书上浏览着他们孩子成长的照片，阅读着他们记述的重要事件，欣赏着我们共同喜爱的音乐和诗歌……以这样或那样的方式，我感觉自己是那个平行宇宙中的一部分。在某种程度上，我真的会"遇到"那些人。

尽管如此，我认为和朋友实实在在地在一起更加至关重要。和朋友在一起，你可以建立一种更诚实、更透明的关系——这在家庭中不一定可能；你有机会说"我不喜欢你做的事情"——这没关系，因为他们会接受批评；你希望自己的选择和感受得到尊重，而他们也确实会如你所愿。并不是每个人都把家人视为自己在这个世界上最可亲、想每天相处的人，那些喜欢和亲戚一起过圣诞节的人，你用手指就能数得过来，因为很多人把它作为一种义务，没有乐趣，没有快乐。

不幸的是，对这样的人来说，或许只有生病的时候才有更多的空闲时间。这时你最想要朋友的陪伴，因为尽管你面容憔悴、饱受病痛，但在他们眼里你仍然是你。你想在他们的眼中认出你自己，因为正是在他们的注视下，你重新确认了你自己的故事以及你在这个世界上的重要性。和朋友在一起时,你经常会体验到一种愉快、轻松的状态。临近死亡时,你后悔没有花更多的时间在他们身上。

遗憾的是,你认为"我一生总会有空闲时间的",但事实上你没有。

在生命的尽头,有些遗憾纯粹是浪费时间,为它们而痛苦是毫无意义的。通常,你都是在不知道的情况下选错路的,你现在知道了,并为此而后悔。这就像玩彩票,说:"我选了44,结果是45。我为什么没有选45?!"简单的事实是,你没有选45,因为你认为44会赢!根据你现在所知道的结果而为过去的行为责备自己是不公平的。当你开始上演"我应该"或"我可以"的内心戏时,是时候照照镜子说:"不要这样自责。你当时已经根据手头的资料做出了最明智的决定。"你或许可以说"如果我知道会出错,我会做不同的事情",但是那时的你不知道,也不可能知道。

在你生命中的每一个决定中,在思想、感情、声音和态度中,真正地活在当下,可以避免一些后悔。

而且你一定要记住,你在当时那个场合和条件下做出的决定就是你当下认为最好的。不要这样苛责过去的自己,"他"已经很棒了。

22

让自己快乐

没有人能让我们感到不快,

只有我们自己有这个本事。

——圣约翰·克里索斯托,古希腊教父

邦妮·韦尔写到的最后一个遗憾，对我来说，其本质总结了所有其他的遗憾，即"我应该让自己成为一个更快乐的人"。当你谈到一种幸福的状态时，许多人认为这只是快乐和愉悦，但完全幸福的状态往往是在克服了生活中的一些非比寻常的困难后获得的，那些重要的、紧张的时期，我们是用鲜血、汗水和泪水经历的，但我们完整无缺地幸存了下来，虽然满身伤痕，却比以前更好、更强。那会带来一种完全快乐的状态，以及无与伦比的成就感和满足感。

帮助濒临死亡的人和让自己成为一个更快乐的人之间是有联系的。这需要把对方看作一个完整的人，把你看作和他们平等的人——因为我们也在日渐接近死亡的那一天。当你帮助某些濒临死亡的患者时，当你在他们身边时，你只是在陪伴他们，而不是介入他们的生命。我说得很残酷，却是千真万确的。请注意，无论你是一名社会工作者、护士、医生、儿子，还是配偶，你关心别人不是为了成就自己，也不是利用那个人来赋予你的选择以意义。你需要有同情心，才能置身于一段关系的神圣空间。

那么，你能做些什么，以便以后不会后悔呢？每个人都知道后悔无可挽回，但是你如何做到不后悔呢？我不认为存在一个公式或手把手教你怎么做的手册，但有一本书确实在这方面改变了我，这就是墨西哥作者堂·米格尔·路伊兹等著的《通往心灵自由之路：驱散人生迷雾的四个约定》。

他建议的第一个约定是"用词要无懈可击"。语言比任何药物治疗都有更大的改变和毁灭的力量，这一力量比任何外科手术或药物的力量都大得多，当它们找到自己的声音时，甚至有更大的力量。当你说出你所相信的事情时，这些话就代表了你自己。我指的不仅仅是好话，有时有必要说："你做得不好！"不过，你表达的方式不同，接受批评的人的反应也不同，他可能会同意，也可能会非常恼火。如果你找不到完美的词，那就保持沉默。沉默和言语一样有力量。当我非常烦躁的时候，我更喜欢安静，如果有人问："你不打算说点什么吗？"我会谨慎地回答："目前我没有什么好消息可说。"我向你保证，没有人能打败如此巨大的沉默。这种沉默充满了不该说的话，没人想听的话。这是最适合扑灭怒火的灭火器，扑灭森林大火需要水、电气火灾需要泡沫，而想扑灭言语之火只需要沉默。

第二个约定是"不要妄下结论"。如果我在街上与你擦肩而过，却不打招呼，你可能会想："上次见面我是不是说了什么不该说的话？"最糟糕的争论往往始于这样一句话："我觉得你……""我以为你……"这个结论网，在包围和窒息你的同时，也将其他角色排除在了故事之外。你周围的人只是你讲述的疯狂故事中的角色，而这一切通常只在你自己的脑海中上演。最简单的应对方法是——直接问:"安娜,你昨天为什么不和我打招呼?"我的答案可能是那些胡思乱想的头脑完全想不出来的:"哦,我很抱歉,我来晚了,没注意……我没看见你!"一切可能比你想象的要简单得多。

第三个约定是:"不要把任何事情看得太重。"这一点真的很难做到。低自尊的人总是花很多时间思考其他人是不是把他们想得很糟糕,而其实其他人只是在正常地过着他们自己的生活。低自尊可能只是"以自我为中心"的另一种表达,事实上你还没有"特别"到能让别人花心思去想你不够好;世界不会绕着你转。反之亦然,如果有人认为你很重要、很有趣,那不一定和你有什么关系,而与你持有的那把钥匙有关,这把钥匙打开了给予赞美的人幸福的门。如果你总是妄下结论,不管别人态度好坏,都想当然地认为那是针对你的,你就容易做出错误的决定,从而导致后悔的结果。

第四个约定是"永远尽力而为"。有时候,你已经尽力了,但还是脾气暴躁、不想出门、心烦意乱,那没关系。如果我过了糟糕的一天,当我回到家,我会警告我的孩子、朋友、爱人，坦诚地告诉他们我今天过得很糟糕。不可思议的是，他们会把盘子洗好，给我把咖啡或茶准备好，为我放上我最喜欢的音乐，我得到的都是微笑和友善。于是我意识到，自己的感受要及时让别人知道，这非常重要。

几年前，我协调了一个家庭护理团队。我提出了一个新的"约定"：当人们开始工作时，要选择一个徽章来表明他们当天的感受。那个徽章被放在他们的 ID（身份证明）标签上，或者放在列出所有员工名字的内部布告牌上。徽章按颜色分类：绿色、黄色或红色。绿色代表"一切正常"，黄色代表"差不多"，红色代表"现在不行！"——即使我平时脾气好得不得了，但我也会有不开心的时候。当我选择红色徽章的时候，我知道这个简单的动作会让我的一天变得不一样。路过我桌子的人可能会胆怯地笑着说："我本来今天想和你谈些事情，但也许明天会更好。"我周围会出现友好的氛围：一杯咖啡，一杯茶，微笑的脸，从远处挥动的手。太神奇了！当然，你可以在一天之内更换你的徽章——开始糟糕的一天不一定以糟糕的方式结束，而且很少有人一整天都戴着红色徽章。当我选择徽章的时候，这表明我当时的状态且我接纳了它。尽力就是关注自己处于什么状态，这样才能做到最好。当你状态不好的时候，最好什么都不要做，要么闭嘴，要么如实告诉大家你状态不太好。

这么做能改善你的生活以及某些事情的结局，请你明白，无论你做得对或错，你都在努力把事情做好，你已经尽力了。今天的你可能认为过去的某个时刻可以用另一种方式处理、走另一条路，但在当下，你已经尽了最大努力。

综上所述，要想过得好，也许最简单的方法是将以下五个细微差别融入你的日常生活：表达情感；允许自己和朋友在一起；让自己快乐；做出自己的选择；做一些对你的生活有意义的事情，而不仅仅是工作。总之，不要后悔。

我已获准离去。兄弟们,与我道别吧!我向大家鞠躬,然后启程离开。

在此我把房门的钥匙交还——我放弃对我房子的一切占有。我只要你们最后亲切的话语。

我们做了很久的邻居,可我接受的比我给予的多。现在天已破晓,照亮我黑暗屋角的灯已熄灭。诏令已到,我已做好了旅途的准备。[①]

——拉宾德拉纳特·泰戈尔,印度诗人

---

① 本段译文摘自 2019 年云南人民出版社出版的《吉檀迦利》,译者为萧兴政。

23

我们每天都在死亡

一切都必须保持原样。

——克拉丽丝·李斯佩克朵,巴西作家

你一生都在努力学习如何赢。你寻找大量的课程、书籍、技巧，想学会如何赢得人心，努力获得财富、利益和优势。关于如何取得胜利的技巧和艺术，有很多前辈能给出各方面的经验，但是关于失败的呢？没有人想谈论失败，但事实是，当你失去事物、人、环境和梦想时，你会在生活中遭受巨大的痛苦。你有成千上万的理由去拥有梦想，但当你失去梦想时，你不应该失去理智。你一生都在寻找能告诉你如何赢得胜利的指导——如何赢得你一生的爱、一生的工作、一生的成就。尽管如此，我相信没有人会报名参加一门叫作"人生如何输得好"或者"如何输得更好"的课。

然而，知道如何对待失去是一门艺术，是那些设法充分享受他们所获得的一切的人的艺术。

每一次拥有的东西的丧失，每一次象征性的死亡——无论是关系、工作还是确定性，都需要从至少三个方面来理解：第一是原谅自己和他人；第二是不要忘记在当时发生的任何事情都已经是彼时最好的结果；第三是确信你对那段即将结束的时间产生了影响，确信你留下了遗产、留下了印记、改变了那个将从你生活中消失的人或环境。接受失去对你今后的生活有着至关重要的作用。

除非结束是确定的，除非确定某件事已经结束，否则人们很难着手另一个项目、另一段感情、另一份工作。你被困在一个"本该""本可以"的边缘地带，你搁浅在"如果……会如何？"上。这就好像你在呼气和吸气之间停止了你的生命——空气已经从你的肺中排出，但你没有让新的空气进入，因为你屏住了最后一口气。

这种"间隔"是生活中最可怕的,也是最应该避免的。当你结束了一段关系却不能接受它已经结束时,你就会陷入一个间隔。你会变成一个情绪化的僵尸。关系会消亡,但你想努力让它继续存在,很多关系会在你内心腐烂,并污染其他人。你会觉得经历失去比醒来更难,但实际上,克服失去比呼吸情绪衰退的腐臭空气要容易得多。

这些失去,即象征性的死亡比真正的死亡更难处理。对真正的死亡没有争议,但对象征性的死亡——一段关系、一份工作或一份职业的失去,有时会给人一种并非真正死亡的印象:某些东西会继续存在,我们会由此产生幻觉,相信有可能以某种方式恢复那段关系、那份职业和那种确定性。当你意识到死亡正在发生的时候,那也是一堵墙,象征那段关系、那份工作、那段时间、你生命的那个阶段。你来到墙边,但不能跳过它,也不能绕过它;你必须看着它,承认这个死亡、这个结局是确定存在的。

只有当你确认了下面这三个条件中的一个,你才能设法进入下一个阶段:你已经原谅了;你已经留下了你的印记；你已经从这段经历中吸取了可能的教训。

对于第一个条件，你应该问自己是否有什么可后悔的、是否有任何导致死亡的事情——你是否说了不应该说的话，或者你应该说却没有说的话。如果答案是肯定的，那么你会觉得自己对死亡负有责任，然后你就会后悔。

第二个条件关于你会不会被遗忘。这种情况尤其发生在曾经的夫妻身上。有些人尽一切可能想让自己永远存在，他们不想被遗忘，但他们留下了仇恨和报复的深刻痕迹，仅此而已。如果他们让人们记住自己不是因为他们造成的伤害，而是因为他们带来的好处，这将是一种解脱。

满足第三个条件，你就能获得"永生"的体验。你继续前进，但你当时的神韵和关于你的记忆，都留在了那个已经走出你生活的人心里。比如一段工作关系的结束，这种结束也可以是好事，就看由谁决定了。当你是自己主动提出辞职时，结束会更容易。面对这堵墙，你明白一个阶段已经结束，然后你马上审视新的阶段——休假、新的工作领域、收入更高或权力更大的新职位。之前的那份工作将按照计划结束，一切都在你的控制之中。相比之下，被解雇会让你更难过，并且会引出一个问题，那就是如何面对违背你意愿而终止的事情。

当你意识到自己并不是世界的中心时，你会感受到更大的痛苦。尽管某些"死亡"会在你的生命中发生，但保持"活着"的最好方式就是活在当下。如果你全心全意地生活在爱中，那么爱就会继续下去；如果你已经经历了一段关系所能给予的一切，那么你就自由了。没有什么能让你停滞不前，让自己完全投入体验，你才能释怀。当你进入一段关系、一份工作、一个环境时，你已经展现了最好的自己；后来你变了，然后是时候结束了；于是你继续走在你的路上，带着你所学到的，这将使你更坦然地进入另一段关系、另一份工作、另一份职业、另一个一生的梦想。

试图控制局面只会阻止你体验那种全身心的投入。当缺乏这一点时，你就无法改变，并被束缚在枯燥无味的时间之结中，被自认为是永远的相遇束缚住——事实上，没有什么事情是永远不变的。这份工作不会让现在的任何人快乐。时间长久的职业生涯不会给你留下遗产。每当你希望某样东西永恒，你总是冒着它今天不会让你快乐的风险，仅仅因为你相信它将来会让你快乐。你总是在建设，总是在翻新，总是在设想未来：当公司是你的，一切都会不一样。你和一个此刻对你没有好处的人相爱，以为婚礼之后一切都会改变；当你有了孩子，一切都会不同。你总是认为周围的一切随着时间的流逝会有所不同，但不是现在；然后死亡介入，结束了现在和未来。

随着时间的推移，过去会因你后悔浪费在糟糕的选择上而死亡。如果你不再只是期待未来的幸福而生活，你就能很好地应对每天的死亡。今天，如果你被解雇了，你在工作中付出的时间和精力还值得吗？如果你回过头来说："好悲伤，真是一团糟！我真的很难受！婚姻、工作……我为此付出了多年时间，而我却不被欣赏！看看他们对我做了什么！我不应该这么做，我不应该，我不应该！"我浪费了我的生命，毁了多年的生活——这是最终的印象，而不是第一印象。这就好比你遇到了你见过的最不可思议的人，和他结婚了，但是后来他真的让你失望了,变得你认不出来,成了一个怪物——"怪物",这是他留给你的最终印象,而不是最初印象。

那么在他们变得不可思议和变形为怪物之间的间隔里发生了什么呢?又或者,这一切可能只是你妄下结论,把事情看得太个人化而导致的一个错误?你的用词是无可挑剔的,还是会让任何一个天使都变得邪恶的?就算他们辜负了你的期望,但是曾经的美好难道就不是真实存在过的吗?那次邂逅是如何转变的?那次经历后的你成了谁?这就是我所说的"遗产"。如果你通过抹去和那个人在一起的所有时间来结束一段关系,那么你就是在选择毁掉自己生活的一部分。这是我们在经历某些象征性死亡时面临的真正困境。

关于失去的经历或对失去的期待——即使这种失去从未真正发生,如果在失去发生的时候你全力投入、积极改变自身或他人,就会变得不那么痛苦。这就是为什么在开始(并确定)一段关系之前仔细思考是如此重要——主要是因为除了过去的经历,没有什么是确定的;没有关系,没有工作,没有选择。没有什么是确定不变的,一切都会结束;是好是坏取决于这些过程如何引导你将来的生活。如果结局很糟糕，重新开始也未尝不可，即使这需要付出更多的努力。

知道如何对待失去的第一步是接受你已经失去了。过去的就过去了，没有什么东西会无限延伸。诚实地面对终点是你在一生中逐渐学会的，你准备学习看清真相。我的意思不是学会看到一个新的开始，而是充满爱意地看到真相，不带怨恨。要做到爱一个背叛过你的人、一个羞辱过你的老板、一份让人们生活更糟糕的工作，你首先要对自己有同情心。你必须明白，你采取了那种态度，做出了那种选择，决定与那个人结合，只是因为受当时的眼界所限。

所以，与其憎恨伤害你的人，不如同情自己的经历，以这样或那样的方式，这可能会把你变成一个更好、更快乐、更少怨恨、更有能力处理其他关系或另一份工作的人。没有人想最后成为一个情感上的瘸子。

当真正的死亡不被接受时，这会使哀悼变得复杂；但是当较轻的象征性的死亡不被接受时，就会产生无效的经历。你会对新的关系、新的工作、新的项目变得无能为力，因为你把自己和以前的经历一起抹去了。

你选择成为受害者,但你不该如此。

当你让自己成为某个结局的受害者,当你因为错误的原因做出了错误的选择,这个结局肯定会是痛苦的。如果你选择了一条取悦他人的道路,如果你做了一些让你感到被爱和被接受的事情,那么当一切终结的时候,你将处于为权力而战的状态,这种权力关乎你的"牺牲"是否被承认。通常,你会让自己陷入情感困境或一份没有前途的工作,因为当他们说"这个项目不能没有你"或"我不能没有你"或"你是最重要的"时,你相信了。你的自我开始膨胀,但同时你可能开启了一个彻底失败的故事,这个故事很快就会把你推向深渊。

你知道你正处于深渊,尽管如此,你还是决定向前迈出一步。你在生活中经常这样做。你可以看到船正在下沉,你想下船,但是你做了错误的努力……你告诉自己:"不,现在我是船长,一切都会好起来的,因为是我在指挥……这段感情要靠我来维持,这个家依靠我,我要让它运转起来……"只不过在这个剧本里你会把角色范围缩小到你身边的人,并希望他们按照你的计划行事。"你在这里没用,所以我要把你调到这里。"你对自己说。通常，你的失败，尤其是情感上的失败，都是这样的，你给对方制造了一个伤害你的环境。你经常重复同样的模式来验证你认为可行的想法。然后，你又沉回到最底层，因为那可能是你认为的最安全和最熟悉的地方。

最大的挑战是过正确的生活。总是采取受害者的立场是非常危险的，因为这剥夺了你战胜痛苦的机会。与其为别人对你做的错事承担责任，不如问问自己："我受到了羞辱。现在，我该怎么办？"毕竟已经发生了，报复和伤害无法治愈这一点。曾经发生的任何事情都不会改变你过去的经历，你的力量在于你可以选择如何对待这段经历。这样，你就真的可以控制一切了。

自由意志与你生活中发生的事情无关。没有人故意选择患癌症或阿尔茨海默病，没有人故意选择死于车祸。有一种观点认为，是你选择了你过的生活以及你的父亲、母亲、你的经历，但事实上，真正在你能力范围内的是你如何看待这些经历。当你爱的人死去时，不管你是无动于衷还是悲伤过度，那个人是不会复活的。但他已经是你生活的一部分，并将永远是。

无论如何，你都必须跨越过渡的鸿沟。那些不拥抱这一失去过程的人，无法为下一步更新自己。就好像你被卡在产道里一样。你离开了一个地方，却拒绝到达另一个地方。你已经搁浅了。

小小的死亡也许是最富有戏剧性的，因为在它们发生后，你能继续完全意识到正在发生什么。拥抱痛苦是释放痛苦的最好方式。关系结束了吗？是的，那就充分体验你对这段感情的悼念。你失业了吗？是的，那就好好与那份工作告别吧。经历痛苦，继续生活，不要回避它，不要胆怯，不要轻视经历。如果这段经历是二十五年的婚姻、三十年的感情、三十年的工作，你不能一直简单地"谋杀"。当你进入一个新的环境时，最好的生活方式是带着它将会结束的认识去开启下一段人生。你必须紧张地生活，这样，当临终时刻到来时，你可以说："这真的很值得！我留下了遗产，我改变了一切……我不会被忘记，我全力以赴去获取成功，我在那份工作中尽了我最大的努力，我在这段关系中尽了我最大的努力。"

过去的经历带给你的是它们在你身上造成的改变。

你并没有带着过去，而是带着过去对你的影响……而过去，只有真正相遇过，你真的完全沉浸其中，才会对你有影响。

哀悼一段伟大的爱情比哀悼一场战争要容易得多。最复杂的哀悼来自爱情的纠葛——相爱时爱恨交织，分手后难以释怀。当有爱时，死亡介入，它不会扼杀爱，爱情不会消亡。然而，若这是一个结局并不美好的工作故事，比如你因为一个你不喜欢的项目而得罪了很多人，度过了一个又一个不眠之夜，那么哀悼的代价就要大得多，因为你丢掉了一些非常有价值的东西：你的良好品格、你的好名声、你的生活质量……当你得到被解雇的通知时，你会想："那些年我付出了很高的代价。"你失去了一份你热爱的工作，这份工作曾经改变了你，给你带来了成长，寄托了你的梦想……这当然很伤人，但你知道："这是值得的，因为我学到了很多！"它将你投射到一个比你生活的世界更真实、更强烈的世界。

最具有爱意的恢复过程在于你自己。当你愿意重生时，一切可能做到的事都是基于纯粹的爱。

24

你可以选择如何死去
——生前预嘱

"世界上最令人惊奇的事是什么,尤迪斯提拉?"

尤迪斯提拉回答说:"这个世界上最令人惊奇的事情是,虽然每个人都在走向死亡,但人们认为他们会以某种方式永生。"

——《摩诃婆罗多》,印度史诗

让医生和病人谈论死亡,从来都不是易事。即使患者病情严重,这种对话也不会发生,这种情况十分普遍。凭借多年从事安宁疗护的经验,我总结了与病人及其家属讨论这个话题的技巧。此外,我决定写一份日常工作指南。我和一个朋友一起工作,他是一个很好的律师,研究过"适时死亡"(Orthothanasia)[1],我起草了一份生前预嘱文件。当我开始在病人就诊过程中进行这些

---

[1] 这是医学和生物伦理学领域的一个术语,源自拉丁语词根,表示对生命的关怀以及对死亡的尊重。

对话时，我发现，如果能在两三次谈话中反复提及这个话题，它就不会引起病人及其家属的反感。

第一次谈话应该选在一个庄严的时刻，不能等闲视之。当我们将这一程序引入一家大型老年机构时，我们建议在入院沟通中增加四个新问题。因为我们发现，虽然最初的入院沟通版本有十九页，几乎所有的问题都得到了回答，但完全没有涉及那四个问题。首先反对这些问题的是老年科医生自己："如果我们问病人这样的问题，他会怎么想？"因此，他们决定将那四个问题夹杂在其他关于疫苗接种和健康史的普通问题中。

最终的结果就类似这样："你的疫苗接种是最新的吗？你做过手术吗？你抽烟吗？你喝酒吗？你有过被送入医院的经历吗？如果你心脏病发作，你希望被救活吗？"

这让事情变得有点滑稽——就好像我们在谈论房间中央的一只白象，却假装它是窗户上的一只苍蝇。当然，这需要经过很长时间来做出最终的决定——这些问题很难在短时间内得到答案。这种情况一直持续到该机构的经理决定为居民及其家属举办一次关于死亡的公开讲座。那是我第一次给外行人演讲。我承认这是我一生中最不可思议的时刻之一——几十个老年人走向我，感谢我有勇气清楚地说出他们非常需要听到的事情。从此对这类问题的咨询就多了起来。

关于生前预嘱（在你生命的最后你想要什么或不想要什么）的谈话，应该首先在你的家庭成员中进行，比如在晚餐或周末午餐时。为了你和你年长或生病的亲属的情绪和安全，建议这次谈话在病人病情稳定的时候进行。你可以选择最为平常的家庭场合，进行一场冷静达观的"深度对话"。

往往首先会谈到这一点的不是安宁疗护医生。最初这个问题应该由临床医生、老年科医生或任何其他准备对严重的不可治愈的疾病做出诊断的医生来提出，然而，医生在医学院没有受过谈论这些话题的培训，他们知道如何谈论疾病，但不知道如何与病人谈论他们的痛苦。除非你专攻安宁疗护，否则你不会学习如何谈论死亡，这意味着99%的医生不知道如何做，因为99%的医生不打算专门从事安宁疗护，即使他们想，巴西也没有足够的职位空缺来为所有这些人提供支持和指导，而这些人丝毫不知道为临终病人提供护理意味着什么。

我认为，如果巴西全社会动员起来，明确表达自己的愿望——这里我指的是甚至在观念上让人们在自己的生活中更清楚地意识到这一点，这可能会使未来更容易提供旨在保护垂死者生命尊严的护理服务。

在这里，我想描绘一下巴西安宁疗护的历史全景。巴西是为在各地实施良好的安宁疗护提供法律和道德支持的国家之一。我们有唯一的医学道德准则，白纸黑字写着"安宁疗护"；我们的联邦宪法支持这种做法，有尊严地生活是巴西人民不可动摇的权利。我与安宁疗护中的病人及其亲属进行了关于生前预嘱的对话，他们知道自己亲人的愿望。我在病历里描述了整个对话，然后把文件给他们看，让他们完全自由地选择是否和我一起签字。在医疗处方上，我向护理团队和我的其他医生同事明确表示："病人同意自然死亡。"

当我在病历上写下我所做的一切都是为了生命的尊严时，我是在实践巴西的宪法。我会被带上法庭吗？你可以随时起诉，但我被判有罪的可能性极小，因为所有医疗行为的基础都是沟通。我尊重病人的自主权，我非常负责任地尽最大努力将他们的痛苦降到最低。我明确表示我不实施安乐死。死亡会来，它会被接受，但它不会被加速。

巴西的民法规定，任何人不得遭受酷刑。把一个没有希望活着离开的病人留在 ICU 是一种折磨，让他们遭受痛苦、接受徒劳的治疗也是一种折磨。

安宁疗护从业者经常担心他们可能会被指控谋杀。因为如果没有犯罪，这个人就会活着，而对处于严重致命疾病晚期的病人来说，情况并非如此。杀死他们的是疾病，而不是旨在减少他们痛苦的护理。我们还没有要求人们永生的法律，疾病会导致死亡，不能因此把安宁疗护从业者送上法庭。

当你提供真正的安宁疗护时，你不是在加速病人的死亡。这和安乐死完全不一样。

在巴西医院的日常实践中，这种护理仍然没有得到适当的提供。医生不知道如何提供这种护理，所以他们最终为几乎所有处于临终痛苦的病人开出了姑息性镇静剂。安宁疗护专业人员正在积极工作，专门为不适于使用姑息性镇静剂的某些病人提供护理。如今存在的问题是，姑息性镇静剂是医生为了缓解其病人那超出其专业知识的痛苦而开出的处方。医生不知道如何提供护理，如何治疗那些疼痛和呼吸困难，不知道如何作为团队的一部分工作，以使他们的病人的生存和精神痛苦得到适当的评估和缓解。他们开镇静剂处方是因为他们缺乏必要的知识和技能，并且无法以任何其他方式处理病人的死亡过程。

今天，姑息性镇静处方被过度开出，而且总是迟开。病人痛苦了很长一段时间，然后，就在他们死之前，他们得到镇静剂，好像这是对他们的最后的同情。

巴西禁止安乐死和协助自杀。我经常被邀请参加大会的圆桌讨论，就好像我提倡这些做法一样，然而事实上它们完全与安宁疗护的意义相反。我个人认为，它们是极其复杂的、高度发达的措施，在一个如此不成熟的国家里无法成功付诸实施。我不执行也不提倡它们，因为在安宁疗护中没有安乐死的空间。在安宁疗护中，我陪伴着我的病人，直到他们的死亡来临。死亡会在适当的时候来临，我无权推进这一进程，更无权拖延它。迄今为止，很少有人要求我缩短他们痛苦的生命——在大多数情况下，当痛苦减轻时，他们便不再要求缩短他们的生命。他们会选择活得更久，活得尽可能好，带着痛苦活着，带着尊严死去。

我在手术中作为生前预嘱使用的文件有四个重要部分。

第一部分对巴西宪法、其他法律和联邦医学委员会条例的所有相应段落进行了编号。如前所述，巴西是一个在病人自主权方面支持良好做法的国家，我在文件中对此做了非常明确的说明。

第二部分论述了"医疗委托书"的选择，即病人自主选择能代表其意愿的人。这不一定需要法律代表，因为这是病人的选择——病人指定与他们非常熟悉的人，知道他们的优先事项和他们如何做出决定。

病人的意愿必须始终记录在病历中，这也是生前预嘱第三部分的重点。其中必须明确声明，病人没有抑郁症状、认知缺陷和情绪压力等可能会影响其做决定的征兆。巴西正在对阿尔茨海默病患者如何实施生前预嘱进行研究，但没有足够的数据将其付诸实践。因此，对这类患者的临终关怀主要取决于家庭共识。老年科医生面临的最大挑战,是如何在病人仍然能理解并对他们未来的决定做出关键判断的时候,告诉他们患了阿尔茨海默病。即使老年人被诊断患有癌症,医生也很少会告诉他们实情;可想而知,对于阿尔茨海默病,医生更是会保持沉默了。

另一个需要澄清的基本要点是,生前预嘱仅适用于确定无法治愈的病人——疾病导致他们遭受痛苦或使他们无法过理性、自主的生活。于是,基于人的尊严和自主的原则,病人可以宣布,他们接受自己的生命即将结束的现实,并拒绝任何额外的、无效的干预;换句话说,对于这些病人,任何医疗措施只能产生微不足道的益处或根本没有益处,甚至可能造成很大的伤害。

我的主要建议是,当病人希望起草这类文件时,应该和他们的医生一起起草。如果没有医学专家详细解释每个术语的含义,你就无法决定医学干预。在没有适当指导的情况下起草如此重要的文件,就像巴西人看着中文菜单点菜一样——在没有翻译的情况下,你很可能会以为自己点的是朝鲜蓟，实际上端上来的却是狗肉。

在文件的最后一部分，签署人会描述他们希望在日常护理中得到的照顾，如洗澡、换尿布，以及对环境的要求、关于葬礼的安排。他们在器官捐赠、火葬、守灵等方面的愿望都可以在这部分具体说明。

如果想要对临终关怀和拒绝干预等事宜更有把握，最好的办法就是在你活着并且身体健康的时候谈论这些事情。当你生病时，这种谈话，无论多么必要，都会变得更加微妙。

25

逝者去世后
——哀悼期

突然，你不见了，

从所有你留下印记的生命中。

——尼尔·帕特，加拿大音乐人、世界知名摇滚乐队鼓手比你生活中普遍发生的事情更重要的是，你如何度过一生或者为了什么而活。我从临终关怀的工作中学到的最重要的一课就是不要回答"为什么"，而是要回答"为了什么"。"为什么"唤起过去的动机，而"为了什么"向未来投射。你活着是为了什么？遭受失去可以让你看到你对某人的爱有多深，意识到那个人对你而言是多么重要。在经历失去的时候，你可能最终会明白"上帝"对你来说是谁，什么对你来说是神圣的。你可能最终会明白，你是否理解"灵性"是在你的控制之下，还是你屈从的东西。

你遭受的失去，尤其是你所爱之人的死亡，可能会引出一个"为了什么"的问题，但可能要过一段时间答案才会变得清晰。而"为什么"的问题，永远不会有一个满意的答案——即使你花了一生去寻找。这个问题的任何答案都比不上巨大的哀悼体验。我不打算为所有已经写好的关于哀悼的东西写一个新版本。我要做的是，尝试从一个新的角度来看待像失去一个非常重要的人这样复杂而绝对的人生经历。

首先要说的是，死去的人并没有带走他们与他人分享的生命历史，这些死去的人的生命与他人的生命结合在一起，对他人来说变得十分重要。绝对死亡，即一个人的所有方面的解体，对一个其存在对其他人的生活有意义的人来说，是不可能的。当死亡发生时，它只涉及肉体。我父亲去世了，但他仍然是我的父亲，他教给我的一切、他对我说的一切、我们共同分享的一切，都在我心中永存。自从他去世后，只有两个事实是我需要适应的：第一，我再也见不到他了；第二，我们不会共同经历未来。有些时候我会想起他，我会非常想念他，当我面临即将到来的困境时，我会记得他曾经给我的建议。我决定如何哀悼他的去世，将会影响我如何在等待我经历的未来中找到他。

哀悼的过程始于你生命中一个非常重要的人的死亡。这种重要的联系并不总是仅仅关于爱，它越是掺杂复杂的感情，比如恐惧、仇恨、伤害或内疚，你就越难处理这个过程。当真爱的纽带被打破时，会溢出很多痛苦，但同时，爱也是让你解脱的捷径。哀悼的痛苦与因死亡而结束的关系中爱的强度成正比，但也正是通过这种爱，你才能够恢复。当我照顾一个悲痛欲绝的亲人时，我会努力让他明白，关注他所爱之人留下来的精神财富是多么重要。如果那个人给他的生活带来了爱、欢乐、和平、成长、力量和意义，那么把所有这些都和一个因患病而死去的身体彻底埋葬在一起是不公平的。通过感知关系的价值，哀悼的亲属可以逐渐从痛苦中走出来。

从技术上讲，哀悼是一个重要纽带破裂后的过程。失去某个重要的人会让你丧失原先建立起来的安全感，打破你掌控一切的假象。若一个人早已融入了你的生活,甚至你的生命本身,那么当你忽然与他永远失去联系时,你会产生迷失自己的感觉。

在你的一生中,你从来没有接受过任何关于如何成为你自己的教育。在孩提时,你也做过最真实的自己,真诚地表达过自己的感受和想法,但是家庭、学校和社会的反应往往让你感到无地自容。于是,你学会了按照别人的看法来构建你的行为方式,使之尽力符合周围人的期望和你自己的预设——至少你是在努力成为社会希望你成为的样子。

你的大部分内在是由别人塑造的,你是根据别人对你的看法塑造的。当一个重要的人去世时,你最想念的是那个人如何看待你,因为你需要根据其他人的评价来确定自己是谁:如果我爱的人不在了,我怎么知道我是谁?我需要根据其他人的观点来思考这个世界,而如果那个人已经不在了,这个世界会变成什么样?

当你爱的重要的人去世时,你就像被带到了一个洞穴的入口,你进入洞穴,但出去的路不是你进来的路,因为你会发现生活和以前不再一样。为了离开这个悲伤的洞穴,你必须自己挖掘出路。这就是为什么面对这种情况时，大家都说要"让自己忙起来"，做一些积极的事情，开始一段新的生活。从悲伤的洞穴挖掘出一条路需要行动、力量和努力，而悲伤的人通常只会感到极度疲惫，无论是精神上还是身体上。你不能叫任何人和你一起进入洞穴，并为你挖掘出路。正是在哀悼的过程中，你会从失去那个非常重要的人的痛苦中重建自己的生活——重新发现生活的意义。

哀悼本质上是一个深刻变化的过程。有人能让你在洞穴里的时间不那么痛苦，但他们不能替你经历。哀悼中最难的任务是，通过与逝者共同的经历，重新建立与他们的联系。在悲伤中掺杂的愤怒、恐惧、内疚、遗憾和其他具有腐蚀性的情绪最终会延长你在洞穴中停留的时间，并会把你带到你内心非常黑暗的地方。

在爱人生病期间，你可能就已经开始悲伤地想着如果他不在了，生活会是什么样子。在这段时间，病人周围的人可能有极好的机会通过原谅、感谢、表达爱意和关心来治愈具有腐蚀性的情绪。两个人之间纯洁真挚的爱意奔涌而出，让其他那些具有腐蚀性的情绪都随身体一起死亡吧。

你从死去的人身上学到的一切都在你体内继续。在哀悼期间，如果你致力于治愈丧亲之痛，你将能清楚地评估你所经历的一切，以及这段关系给你的生活带来的所有好处。你可能会在两个极端之间摇摆不定。斯特劳博和舒特描述了这种被称为"双重哀悼过程"的振荡，他们在这一领域的研究和写作得到了认可。双重哀悼过程存在有这样的时刻：你的精神完全沉浸在你所爱的人去世的痛苦和折磨中；而在另一个极端，你又得沉浸在你的日常现实中，处理与逝者有关或无关的日常事务（捐赠此人的物品以及办理各种烦琐的手续，比如注销银行账户和电话号码、编制库存清单，等等）。

当痛苦到极点时，它带来的是悲伤、眼泪、绝望和愤怒。所有这些感受，都要经历，都要接受。当人们问我他们能不能哭时，我说："哭吧，使劲哭，拼命哭，哭到撕心裂肺，哭到死去活来。把悲伤发泄出来，然后接受现实。"神奇的是，一旦你接受了痛苦的存在，它就会消失。直面痛苦，因为它上面有某人的名字。当你承认痛苦时，它几乎总是会缩小；当你否认它时，它却会占据你的整个生活。

悲伤没有错,因为悲伤是任何健康、正常的哀悼过程的必要组成部分。你可能生活在一个错误的印象中,认为你必须总是微笑和快乐,但事实上,悲伤是不被禁止的。如果你周围的人不停地劝你克服它,你应该明白这是因为看到你受苦他们会伤心。他们不知道如何让你度过这个时期,他们也不知道在你的位置上他们该如何反应,所以他们想尽一切办法来帮你赶走痛苦。

大多数人不知道如何安慰失去亲人的人,尤其是在其亲人刚刚离世的时候。人们往往希望这些失去亲人的人马上去看医生,并开始服用抗抑郁药治疗——他们自己也想缩短痛苦。然而,如果使用不当,抗抑郁药或镇静剂都会让使用者陷入情感麻木,甚至带来毁灭性的后果。这些药物阻止你感受痛苦的同时,也减弱了你感受快乐的能力。悲伤不是抑郁。值此悲伤难耐之时,如果生活迫使你去面对日常琐事,你反而会邂逅一些快乐、满足的时刻。亲朋好友的不懈努力,终会让悲伤者的脸上恢复笑容。

巴西的社会问题是，它不赞成在哀悼期间有太多的快乐，哀悼者如果在哀悼过程中保持理智或者偶尔想笑，都会感到内疚。他们问我笑是否正常，我说："如果是该哭的场合，那你就笑到哭出来，甚至可以'笑死'！你既可以悲伤到流干最后一滴眼泪，也可以笑到颤抖。"

记住你曾经是如何和死去的人一起欢笑的，这对你有好处。当我接待一个哀悼的人时，我会让他列出他从死者身上学到的所有好的东西。然后我建议他告诉我一些他们共享的有趣的时刻。完成这两个建议后，我看到一个美丽的故事展现在我面前，因为哀悼的人在所有的痛苦中以新的方式重逢了他们所爱的人。他们几乎总是谈论失去、疾病、痛苦和死亡，但当我唤起他们一起生活的回忆时，那历历在目的美好瞬间让他们开始转变，那段关系最珍贵的部分就得以复原。

在谈话中，我会向哀悼者展示死去的人是如何让其生命充满意义的；毕竟，学到的东西和他们共同的经历永远不会消失。哀悼者对死者的记忆和感情永远不会被剥夺——爱不会随着肉体的死亡而消失，爱总是持久的。如果你已经失去或即将失去一个你非常爱的人，可以做这个练习：列举你从那个人身上学到的东西，然后回忆和他们一起欢笑的日子。当这些记忆让你放声大笑时，你可以反复品味，你在那个过程中流下的眼泪，会大大减轻你的痛苦。眼泪是盐水做的，像大海一样，从那种情绪中哭出来，就像从里到外在海里洗了个澡。

一切都会死亡，除了爱。只有爱值得永生。

一切事物都不是像人们要我们相信的那样可理解而又说得出的；大多数的事件是不可言传的，它们完全在一个语言从未达到过的空间；可是比一切更不可言传的是艺术品，它们是神秘的生存，它们的生命在我们无常的生命之外赓续着。①

——赖纳·玛利亚·里尔克，奥地利诗人

---

① 本段译文摘自 2022 年天津人民出版社出版的《给一个青年诗人的十封信（冯至文存）》，译者为冯至。

26

致 谢

写到这里，能有机会对大家表达一句感谢，让我感到十分开心。这些年来，我经历并分享了许多不可思议的、令人无法想象和体会的时刻，回想起那些时刻时，我的脑海中不断浮现出我不得不一直微笑着去面对的各种场景。我必须再一次郑重感谢罗杰里·奥泽，是他邀请我来参加泰德演讲大会与圣保罗大学医学院联合举办（TED × FMUSP）的演讲，让我相信让人们思考死亡中更多关于生命的想法可以被传播到世界各地。

我感谢古斯塔沃·吉蒂的慷慨，他让本书中那些关于死亡的对话成为甜蜜的种子。我感谢玛丽亚·若昂邀请我撰写这本书；还有法比奥·罗伯斯，他牺牲了自己的私人时间，让我可以用心而认真地写作。我感谢西贝拉·佩德拉尔在调整本书文本时的耐心和细致，我也感谢蛋糕、咖啡和如此多的灵感带来的精彩时刻。

本书献给我的朋友们，尤其是索尼娅，她十分擅长放大我的快乐以及包容我的脆弱；献给我的父母，他们现在住在我的心里。我还要感谢我的出身、我的力量和我的决心。

对于我的孩子们，玛丽亚、宝拉和亨里克，我衷心感谢他们在我的生命中给我带来了如此多的爱。